Gustavo Melo Czekster

# Não há amanhã

Gustavo Melo Czekster

# Não há amanhã

Porto Alegre

1ª Edição

2017

copyright © 2017 editora zouk

Projeto gráfico e Edição: Editora Zouk
Revisão: Aline Aver Vanin

---

Dados Internacionais de Catalogação na Publicação (CIP)
(eDOC BRASIL, Belo Horizonte/MG)

C998n
    Czekster, Gustavo Melo.
      Não há amanhã / Gustavo Melo Czekster. – Porto Alegre (RS): Zouk, 2017.
      160 p. : 16 x 23 cm

      ISBN 978-85-8049-046-6

      1. Literatura brasileira - Contos. I. Título.

CDD-B869.3

---

direitos reservados à
Editora Zouk
r. Cristóvão Colombo, 1343 sl. 203
90560-004 - Floresta - Porto Alegre - RS - Brasil
f. 51. 3024.7554

www.editorazouk.com.br

*(...)*
*nada no ar a não ser*
*nuvens. nada no ar a não ser*
*chuva. a vida de cada homem é curta demais*
*para*
*encontrar sentido e*
*todos os livros quase um*
*desperdício.*
*sento e os ouço*
*a cantar.*
*sento e os*
*ouço.*
Charles Bukowski, *"Pessoas como flores"*.

# SUMÁRIO

| | |
|---|---:|
| Prefácio | 9 |
| Não morto, apenas dormindo | 13 |
| Efemeridade | 17 |
| Problemas de comunicação | 19 |
| O sentido | 25 |
| A passionalidade dos crimes | 29 |
| Neve em Votkinsk | 35 |
| Os que se arremessam | 41 |
| Os problemas de ser Cláudia | 47 |
| A discursividade dos parques | 51 |
| Um sonho de relógios | 59 |
| Efemeridade | 63 |
| Cinco (ou infinitos) fragmentos em busca de | 65 |
| Mas não falam | 69 |
| O fogo no homem | 75 |
| Thermidor | 79 |
| A ingrata tarefa das esfinges | 83 |
| Moscas e diamantes | 89 |
| As crianças mortas | 91 |
| A revolução como problema matemático | 93 |
| Efemeridade | 107 |
| Ivan Ilitch, o paciente da cela 5 | 109 |
| Eu, cidade infinita | 113 |
| Mercúcio deve morrer | 117 |
| O silêncio | 135 |
| Um outro sentido | 137 |
| Tema de Sísifo | 145 |
| Morra, Lúcia, morra | 149 |
| O último | 151 |
| Efemeridade | 155 |
| Pelo vale dos sonhos incessantes | 157 |

# Prefácio

Às vezes, por uma conjunção feliz de astros – ou pela ação da história, dos deuses ou de outras entidades misteriosas, que não vêm ao caso no momento –, ocorre que um lugar e uma época recebem esta dádiva preciosa: a presença de um indivíduo que encarna a própria literatura. Não será, em geral, uma pessoa dada a arroubos de extroversão, tampouco um profissional das academias, nem o favorito imediato das multidões; seu traço distintivo será a obsessão literária, que lhe permeará todos os aspectos da existência. É o tipo de indivíduo que tende, naturalmente, à literatura: ela será o centro de suas preocupações, no café da manhã, na conversa da esquina, nas insônias da madrugada. Talvez não seja um escritor copioso; é possível que suas publicações sejam esporádicas e espaçadas. Mas ele viverá dentro da literatura como a salamandra vive no fogo; e ele definirá, com sua presença, com seu diálogo, com sua sombra luminosa e gregária, a experiência literária de uma geração. A Inglaterra da segunda metade do século XVIII teve Samuel Johnson; a Buenos Aires dos primórdios borgeanos teve Macedonio Fernández; e a Porto Alegre do início do século XXI, apesar de suas mazelas materiais e espirituais, é enriquecida pela presença de Gustavo Melo Czekster – uma dessas criaturas essencialmente literárias, que, pelo ato de existir, dão um toque de ficção à realidade que habitam.

Haverá alguém, entre os habitués das letras em nossa capital, que não haja ouvido, nos últimos anos, alguma de suas já proverbiais e ecléticas palestras, sobre temas que vão desde a topografia do inferno à história das mulheres na literatura inglesa? Ou alguém que já não haja trocado com o mítico Gustavo ao menos algumas palavras corteses, em um coquetel ou à mesa de um café, sobre aqueles assuntos que lhe são caros – Tchekhov, monstros marinhos, a relação entre Sancho Pança e Dom Quixote? É de se duvidar. Falta, ainda, um Boswell que registre os diálogos de nosso Doutor Johnson; felizmente, contudo, Czekster não se limita à tertúlia propriamente verbal. É, antes de outras coisas, um escritor. Fiel à ideia de que todo cavalheiro deve dedicar-se a causas aparentemente perdidas, ele escolheu – por ora – o conto como território de sua imaginação. Já muitas vezes, nos últimos anos, ouvimos dizer que essa forma narrativa está condenada à obsolescência; poderíamos – e talvez devêssemos – elencar os mais diversos argumentos contra essa profecia supostamente autorrealizável; mas, para constatar a vitalidade do conto entre nós, basta apontarmos duas evidências cabais: *O Homem Despedaçado*, primeiro livro de Czekster, e esta nova obra, ansiosamente aguardada pelos leitores. Até poderíamos dizer – com perdão do trocadilho barato – que os vinte relatos de *Não há amanhã* confirmam, rigorosamente, que existe, sim, uma amanhã para a narrativa curta. Mas, se insuflam vigor nesse gênero tão combatido, seus contos o fazem no tom característico do autor: uma espécie de pessimismo entusiástico, quase um êxtase schopenhaueriano, que, sugerindo a possível falta de sentidos da existência, engendra paradoxais voos metafísicos. Dotado de uma voz personalíssima e urdindo argumentos inesperados, Czekster engendra, neste livro, um caleidoscópio de estórias que transformam e refratam umas às outras, à medida que a leitura avança. Seus relatos podem ser lidos como uma série de pesadelos interligados, sob a toada de alguns temas recorrentes. Uma das facetas desse pesadelo múltiplo é o antigo *vanitas vanitatum* do Eclesiastes: a efemeridade das coisas humanas; outra face, menos explícita, talvez seja a autorreflexão perturbadora da própria literatura – ou, num sentido mais amplo, o poder ao mesmo tempo criativo e caótico da imaginação, com suas constantes tentações de esperança e desespero.

Se, às vezes, Czekster parece flertar com certo realismo urbano, à Rubem Fonseca, os meandros de seu texto logo reafirmam sua filiação à literatura fantástica, na imortal tradição de Poe e Maupassant. Os personagens de Czekster movem-se em um mundo sempre à beira da dissolução, da implosão ou do oblívio; é como se cada instante de suas existências fosse ameaçado por uma confluência de forças soturnas e absurdas. Esse mefistofélico *tour de force* nos conduz a panoramas memoráveis: nos topamos com um assassino que, em meio a uma carnificina de borboletas e crianças, é assolado por súbita dor nas costas, com ressaibos de epifania; entrevemos o rosto de um jovem comendo na penumbra, cujo vulto vai ganhando contornos gradativamente infernais; acompanhamos o homem que, ao assentar-se em uma pedra mítica, no meio de lugar nenhum, renuncia à sua própria identidade para merecer a recompensa do Sentido (embora jamais se explique o que, exatamente, significa esse sentido). Em outros momentos, o autor entrega-se a voos flaubertianos por épocas e lugares distantes: é o caso de *A revolução como problema matemático* – relato com ares de literatura especulativa, cujos personagens centrais sabem aos psico-historiadores de Isaac Asimov – e o magnício *A ingrata tarefa das esfinges*, em que a história da humanidade é revista no âmbito daquela célebre estirpe de seres híbridos, cujos enigmas ganham aqui uma solução inusitada.

Nesses e em outros relatos, Czekster apanha nossos pânicos, nossas misérias quotidianas, nossas perplexidades existenciais, e a tudo transfigura em uma espécie de sombria transcendência. "Estranhezas acontecem todos os dias", assevera o autor; e também: "O mundo é formado por um sem-fim de eventos apavorantes". Ouso apostar que leitoras e leitores ficarão convencidos da pertinácia dessas máximas ao alcançarem a estonteante linha final deste livro; e não poucos acabarão retornando à primeira linha, como eu retornei, para trilhar outra vez o labirinto. E, como ocorre sempre com a boa literatura, haverá, novamente, um amanhã.

Porto Alegre – Bagé, setembro de 2016.

José Franscisco Botelho

## Não morto, apenas dormindo

A ordem do mundo rompeu de repente, no meio daquela madrugada de horas indistintas. Acordou com o gosto longínquo de cerejas na boca, travo gosmento que persistia a lembrar-lhe do sabor de metal do sangue, e descobriu, o peito estremecido em arranques iguais aos pataços de um cavalo correndo, que algo muito estranho acontecera, algo impossível como um arco-íris sem chuva. Ele tinha sonhado. Há muitos anos se esquecera dessa sensação, a de surgir todo arrepiado de dentro das profundezas de outro lugar, sem saber se estava acordado ou dormindo, lúcido ou insano. Invejava os que ainda tinham tal capacidade. Um dos seus hábitos era telefonar para os dois filhos e perguntar-lhes sobre os caminhos trilhados nos locais em que o sol não brilha, cobiçando as inviabilidades que lhe eram negadas. A vida se transformara em viver as ilusões alheias e, assim, o retorno das paisagens oníricas para a sua existência tão chata só podia ser a simples definição de fantástico. Todas as pessoas sonham; isso não acontecia com ele, pois as suas noites internas eram recheadas de abismo, pelo som abissal do nada. Tentou lembrar-se do vivido no outro mundo: o som da guerra, o raspar das armaduras, o resfolegar de um bosque, a lâmina rompendo o seu pescoço, dedos deslizando sangue. Pensou nas dezenas de interpretações que poderiam surgir para quem sonha com guerra ou com suicídio (sabia que se matara). Sentado no sofá, acabou novamente dormindo e, quando despertou, seus ouvidos ainda seguravam o barulho do mar, as gaivotas deslizavam sobre as ondas carregando segredos na tinta invisível do seu voo, e ele sabia que a luz forte – se surgisse – iria apagá-lo. Estremeceu ao se deparar com o sol que tentava cegar as suas rugas, confundiu-o com Deus ou coisa pior. Tomou o café da manhã com vagar, saboreando as migalhas, tentando sentir cada gota de leite. Pessoas sozinhas têm muito tempo disponível. Para quem não tinha sonhos há muitas décadas, tivera dois em questão de horas, ambos com morte. Precisava significar algo – precisava. Um sonho com morte nunca quer dizer morte; pesadelos caminham nos limites não traçados do absurdo, o fim da vida tem outro significado, mas qual seria? Após lavar a louça, sentou-se no mesmo sofá e ligou a televisão, onde crianças alegres corriam de um lado para o outro em cenários coloridos, com gritos de alegria que logo se transformaram em guinchos, elas estão queimando, mas onde está o fogo, e então começaram a explodir, uma após a outra, até que ele sentiu a quentura crescendo no colarinho da camisa, espalhando-se em vias de lava por dentro das artérias e gritou quando explodiu, saindo de dentro do sono com um pulo. Outro sonho, outra morte. Ergueu-se e pegou o telefone para fazer as ligações de costume atrás dos sonhos dos outros, mas desistiu: não precisava mais ouvir, agora tinha os seus para lhe atormentar. Olhou a cama, cortada pela fresta da porta entreaberta, e o sono invencível apossou-se dos seus passos, levando-o para os lençóis que ainda cheiravam ao suor da noite passada. Quando acordou de novo, não sabia quanto tempo transcorrera, de tão ocupado que ficara em perseguir um buraco negro pelas ruas, a sombra de sorrisos vermelhos assustando esquinas, a faca despejada, libertadora, sobre o seu peito. Saiu da cama e se arrastou até a cozinha. Na boca, os fantasmas das cerejas lhe davam sede. Suas pernas não obedeciam, os braços pesavam. Olhou o telefone: ninguém lhe ligara, ninguém ficara curioso por aquele velho não ter incomodado, logo ele, que ligava todo dia. Então, eis o que era morrer – ficar o tempo todo sonhando com mortes, uma atrás da outra, sem receber ligações, esquecido. Através da janela, viu moscas infestando o pátio e, ao olhar o seu braço, gritou ao vê-lo se desfazendo em um mosaico raivoso de zumbidos, voltando a si quando bateu com a cabeça na janela, meu Deus, tinha dormido acordado! Os sonhos não esperavam mais nem a vigília, ansiosos para ganhar o mundo. Sangue escorria da testa, gotas preguiçosas a desenharem sombras até repousar na tessitura impregnada de angústia dos lábios. Diante do reflexo, encarou o próprio rosto que se desfazia em lama envelhecida e acariciou os pedaços do vidro trincado. Os demônios estavam fugindo pelo buraco aberto na sua cabeça. Agora entendia o que estava acontecendo. Com passos que tinham todo o tempo do universo, escolheu o sofá da sala para ser o seu último lugar no planeta. Não estava com a roupa imaginada para o seu último ato, mas quem dá atenção para roupas neste momento? Sonhar com a morte também pode ter o significado mais simples. Lutou contra as pálpebras que teimavam em fechar, deixando a sala apagar-se aos poucos, as costas irmanando-se com as almofadas. Estava muito curioso para saber como seria a sua última história, que seguraria a sua mão e o levaria para o outro lado. Aquela que lhe daria sentido, que explicaria tudo.

Então, ela começou.

# Efemeridade

O mundo é formado por um sem-fim de eventos apavorantes. Desde que viu o documentário da National Geographic em um sábado suarento, Paulo deixou de ser o porteiro simpático conhecido dos moradores do prédio. Toda vez que seus olhos fechavam, surgia a imagem de corpos besuntados livrando-se da quente prisão, o espanto de quem enxerga o mundo pela primeira vez, membros desconexos encontrando a funcionalidade. A insônia tornou-se uma constante na sua vida, e Paulo gastava horas refletindo sobre o desespero de se saber efêmero, a angústia de estar vivo e morto ao mesmo tempo. Por mais que tentasse, não conseguia esquecer cena tão horrível: sabia muito bem o que representava, ora, nunca faltara nas aulas de Biologia no colégio, não era bobo. No entanto, nunca refletiu a respeito, e a verdade o atingia como uma bofetada, ainda mais ao saber que aquilo ocorria todos os dias em diferentes lugares do mundo sem ninguém dar atenção.

Na esquina da rua, existia um playground modesto, com grama alta, onde as crianças corriam de um lado para o outro, brincando de pega-pega, esconde-esconde, enquanto as babás trocavam maledicências nos bancos ao sol. Paulo começou a frequentar o parque, vendo-as brincar por entre a relva, suaves, bonitas, vivas. Aquela visão o perturbava, e normalmente ele voltava às pressas para o prédio, liberando o choro ainda no elevador. Elas eram tão pequenas, tão fortes! Não era justo que Deus intercedesse, realizando aquela pantomima gosmenta, tirando-as do limbo para a eternidade, uma vida de feiura e um segundo de beleza, uma existência de arrastos para um momento de voo, não era justo.

Certo dia, tresloucado pela noite de pesadelos em que centenas de vozes esvoaçantes pediam ajuda, sai mais cedo do serviço, compra uma pistola e vai ao parque. Chega atirando. Gritos de pavor e medo soam, enquanto Paulo tenta acertar uma por uma das borboletas que pairavam sobre a relva, malditas crianças, por que ficam no caminho?, e vê nisso um desígnio divino, outra maneira de Deus interceder pelas criaturas, até que a dor nas costas o deixa frente a frente com sua própria efemeridade.

# Problemas de comunicação

Quem come no escuro conversa com o diabo, Leila fala ao entrar na cozinha e ver a silhueta esmaecida saboreando a janta. O garfo interrompe sua trajetória, ora, mãe, nem ele tem paciência para me ouvir. A mulher senta em um banco: quer falar comigo, Lucas?, suspiro, não, é tarde demais para conversar. O garfo some na penumbra do rosto sem formas, enquanto Leila retorna para o quarto. A cama vazia a espera com sua risada de cetim. Antes de deitar, ela acende a vela no pires colocado sobre a escrivaninha, por favor, Negrinho do Pastoreio, traz o Maurílio de volta. Pingos de chuva estremecem a janela com sua batida compassada.

Levanta tarde, com a sensação de que o sono foi um piscar de olhos. Essa sensação tem sido cada vez mais frequente nos últimos tempos, nunca sabe se sonhou dormindo ou acordada. Lucas já saiu. Desde que Maurílio a abandonou depois do acidente de carro, seu filho tem se comportado de maneira estranha, passando os dias a vagar pelas ruas, esgueirando-se pela casa com os passos frios de um felino. Às vezes pressente os olhares desaprovadores que lhe são dirigidos, como se ela tivesse culpa no fato do seu marido ter abandonado a casa. Gostaria de explicar o que aconteceu, mas como explicar aquilo que não consegue se entender? Um dia Lucas a entenderá, os filhos sempre entendem as mães.

Ao arrumar o quarto do seu filho, assusta-se ao ver um maço de cigarros no chão, quem deixou isto aqui? Com a pergunta, vem a automática certeza de que Lucas está fumando. Ele passa tanto tempo sozinho, nunca converso com meu menino, quem conversava era o Maurílio, os homens se entendem melhor. Coloca o maço no mesmo local e decide que, hoje à noite, vão ter uma conversinha.

O dia passa rápido, e logo chega a noite. Deitada no sofá, Leila ouve Lucas entrar na casa. Somente os rangidos das portas traem o seu avanço. Vai até a cozinha e acende a luz. O vulto vira, os dedos ajustando o micro-ondas, apaga esta merda! Leila obedece imediatamente, o que houve, meu filho, algum problema? Por instantes não sabe se aquele é Lucas, não conseguiu vê-lo. A voz de novo suave lhe dá certeza, pegue uma vela, se quiser, mãe, passei o dia inteiro na claridade, quero ficar um pouco no escuro. A mulher acende a vela e coloca no centro da mesa, não tão perto que ilumine o semblante do filho, nem tão longe que impeça a visualização da silhueta.

Sentada, Leila contempla o estranho do outro lado da mesa. Vê os buracos negros que espreitam das suas reentrâncias, a boca pintada de escuridão realçando os cabelos que se perdem na penumbra. As rugas de preocupação, semelhantes às pinturas de um pajé, alternam-se graças ao bruxuleio da chama, formando imagens Rorscharch. Tenta adivinhar os pensamentos do desconhecido e não consegue.

O micro-ondas geme. O que você quer, mãe?, Lucas tira o prato da bandeja. Leila engole em seco: quero conversar. O rapaz senta, fale logo então, estou podre de cansado, há tanto tempo que não descanso. Achei um maço de cigarros no seu quarto, quero saber de quem é. A risada lenta faz a chama da vela hesitar: claro que é meu, né, mãe, de quem mais seria? Com os olhos fixos no tampo da mesa, ela reúne coragem, quer saber algo sobre qualquer coisa? A silhueta começa a comer, os talheres prateados refletindo a vela enquanto a comida desaparece no túnel abandonado que substituiu a boca: sobre qual assunto, mãe, seja mais clara. A mulher pigarreia, ora, sei lá, drogas, mulheres, sexo, coisas do tipo. Outra risada, outro estremecimento da vela, também já sei tudo o que preciso saber, que interesse súbito pela minha vida é este, hein? Leila ergue-se, bom, vou dormir, a silhueta permanece em silêncio, tchau, meu filho. Está saindo da cozinha quando ouve, boa noite, mãe, durma com os anjos. Há ironia naquela frase e ela sente uma forte vontade de esbofetear o fedelho, quem ele pensa que é para tratá-la assim?, mas vai para o quarto encontrar a cama deserta, a vela esperançosa, por favor, Negrinho do Pastoreio, traz o Maurílio de volta, preciso tanto dele.

No dia seguinte, Leila investiga o quarto de Lucas. Acha revistas pornográficas, fitas de vídeo, livros esotéricos. Prestes a desistir, encontra um par de seringas debaixo do colchão. A descoberta estraga o seu dia, e ela pensa na conversa que precisarão ter logo à noite, chega a ensaiar falas diante do espelho, e, desta vez, tem certeza do sucesso.

O ensaio desaparece quando escuta o som das portas rangendo, marcando a trajetória de Lucas como migalhas de pão marcavam o caminho nos contos de fada, portão de ferro, grade da porta, porta da frente, porta do corredor, porta da cozinha. Espera alguns segundos antes de encontrá-lo. A vela está acesa, o prato crepita no micro-ondas e o desconhecido na ponta da mesa com olhos ausentes e um invisível sorriso de escárnio. Oi, mãe, aquela voz não pertence a Lucas mas é a dele, e ela senta no outro lado da mesa. A vela ondula, imprimindo no rosto do rapaz cicatrizes de trevas. Meu filho, precisamos conversar. Ele ri, sobre as seringas?, como você sabe, ora, mãe, já conversamos muitas vezes sobre este assunto. Leila suspira, afasta os arrepios e parte para um ataque direto: você anda se drogando? Responda agora, eu preciso saber! O apito do micro-ondas irrompe na cozinha. Lucas permanece sentado: é tarde demais para discutirmos este assunto. A mulher treme de forma descontrolada, a boca soltando perdigotos de raiva, só conseguirei dormir depois de saber a verdade! O estranho ri sem ânimo, se Cristo não sabia o que era a verdade, quem sou eu para responder? Os dois se encaram, medindo forças. Leila sente que aquela discussão já aconteceu antes, mas não consegue lembrar: pare de brincar comigo, meu filho, eu preciso saber, por favor.

Lucas recua a cabeça, parece se divertir. O problema de fazer perguntas, mãe, é que você nunca sabe qual será a resposta. Então, vamos fazer um acordo: vá dormir e eu esqueço toda esta bobagem, o que acha? Ela levanta da cadeira e pensa em alguma frase de efeito para encerrar a conversa. Ao perceber o ridículo da situação, murmura um boa noite desajeitado, indo para o quarto com passos rápidos.

Acende a vela, Negrinho do Pastoreio, traz de volta o meu Maurílio, mas seus pensamentos não estão na prece. Deita na cama, lágrimas escorrendo. Tem medo de ouvir a resposta de Lucas, receia a verdade capaz de derrubar o castelo de cartas. Acreditar na realidade é dizer que o acidente de carro não tinha acontecido, ou que seu filho não iria morrer em algum beco por causa das drogas, ou que ela nunca dera atenção para seu pobre menino. Leila não quer a verdade, prefere colocar um prato no forno, ouvir Lucas caminhando pela casa e esperar pela volta do seu marido. Os soluços escasseiam até que ela adormece, mas seu sono é inquieto.

Às dez horas da manhã, pega o telefone e liga para Maurílio. A secretária atende, melosa, consultório do doutor Cosme, bom dia. Leila gagueja, bom dia, quero falar com o Maurílio, sou a mulher, oh, ex-mulher dele.

Não há ninguém aqui com este nome, senhora, a secretária desliga o telefone. Leila espera, sabe que Maurílio logo atenderá. A voz quente surge na linha, substituindo os "tu-tu-tu" com cautela, oi, tudo bom?, as pernas dela estremecem, Maurílio, eu, eu, eu. O homem interrompe: sim, algum problema?, não é nada, é tão bom ouvir sua voz! Pausa constrangida, risadinha: é bom ouvir sua voz também, em que posso ajudar? Maurílio, estamos com um problema com o Lucas, acho que ele anda se drogando. O silêncio dura alguns segundos: tem tomado os remédios, Leila? Ela perde o controle, os remédios que vão para a puta que pariu, nosso filho anda se drogando, será que você não entende? Do outro lado da linha vem o pigarro, é possível imaginar Maurílio acariciando os fios do bigode: nós já conversamos sobre este assunto, lembra, conversamos várias vezes sobre o Lucas. Silêncio, estática na linha. Ah, então você sabe que ele anda se drogando?, mas é claro, querida, você também sabe. Aquele querida dói mais do que imaginava e o desespero despenca pela boca da mulher, a respiração saindo aos arrancos: sabia e não fez nada, filho da puta, por que não fez nada, por que não o salvou, eu confiei em você e nosso filho ficou sozinho, ele está se drogando e um dia vai morrer em algum beco fedorento, numa noite chuvosa, você não tem vergonha? Maurílio responde, voz embargada: não há mais nada que eu possa fazer, não agora, me deixe descansar em paz, esqueça o passado. Leila o interrompe: esquecer como, seu imbecil, tocar a sujeira debaixo do tapete e fingir que a casa está limpa? Não, não, fui covarde uma vez, mas, se você não é homem para falar com o próprio filho, então eu falarei. Maurílio fala com dificuldade, a voz cada vez mais distante: Leila, para o seu bem, vai ao médico. Desculpe, não tenho tempo, pois preciso cuidar do meu menino, a mulher desliga o telefone, jogando o aparelho no chão.

 Entardece. Sombras cinza tomam conta da lua. Ela coloca o prato no micro-ondas, desliga todas as luzes e deixa a vela preparada sobre a mesa. Senta na cadeira e espera Lucas, é hoje que eles vão ter uma conversa séria como sempre deveriam ter tido, como os pais devem conversar com os filhos. Quinze minutos depois da meia noite, ouve as portas rangendo, uma, duas, três, quatro, cinco e ele está na cozinha, esgueirando-se junto às paredes, trazendo consigo o hálito da noite. Não parece surpreso ao vê-la, oi, mãe. Caminha até o micro-ondas e ajusta o tempo, que passa a correr em dígitos de sangue. A mulher acende a vela: senta aí, rapaz, precisamos ter uma conversa de adultos. Ele senta, já sei, já sei, você vai falar sobre as drogas, como elas são perigosas, que não devo me envolver com esta gente. Como você sabe? Lucas ri devagar: conversamos muito sobre este assunto, mãe. Como, se eu não me lembro? Não lembra por que não quer, nunca ninguém se preocupou comigo, e agora você acha que uma conversa pode me salvar, mas, mãe – ele se inclina sobre a mesa, pupilas desertas emolduradas pela parafina que escorre da vela morta – eu não posso mais ser salvo, aprenda a viver com isso e larga do meu pé, porra. Leila sussurra: você está mentindo, não é você quem está falando, é seu pai. A voz pausada de Lucas trai o cansaço: quer conversar mesmo sobre a verdade, mãe? Ela esmurra a mesa, a vela quase cai: maldito, eu odeio você! Odeio! Você nunca quer conversar comigo! O forno de micro-ondas para de funcionar. Lucas mantém-se impassível: você me odeia, mãe? Será por que não me conhece ou por que eu sei a verdade, e ela dói?

Leila afunda a cabeça entre as mãos, desesperada demais para chorar. Alguns minutos depois, resolve ir para a cama. Lucas continua sentado, queixo encostado no peito, e a sua imobilidade lembra uma marionete cujas cordas foram rompidas. Ao redor da mesa, estão outras silhuetas silenciosas, vagamente iluminadas pela vela que se aproxima do fim. São pessoas vazias, desprovidas de sentido, doentes. A mulher sorri, enxuga as lágrimas, não quer chorar na frente dos amigos do seu filho. Levanta, diz boa noite e, quando está passando pela porta da cozinha, ouve o pigarro que tanto amou no passado e a voz de Maurílio sair do abismo, é preciso uma colher bem comprida para comer com o diabo, Leila, qual é o tamanho da sua colher? Ela vira o rosto a tempo de ver o negrinho retinto apagar a vela com um delicado sopro.

# O sentido

Em uma noite de constrangidas nuvens, encolhido no frio da balsa que atravessa o rio Uruguai, fui pego de surpresa pelo ataque cardíaco do condutor, um homem de silhueta duvidosa. Como todas as pessoas prestes a morrer, após um instante de descrédito, seus olhos arregalaram ao entender que a vida se esvaía. Os dedos ossudos fecharam em torno do meu pulso, única testemunha do seu último momento de tragédia, e, no entanto, uma flor árida incapaz sequer de lhe dar esperança ou os sacramentos.

O moribundo é uma pessoa sem perspectivas e, portanto, um confidente valioso. O condutor da balsa segredou-me que, em uma obscura praia chamada Quatro Ilhas, existia um banco de pedra. Quem sentar neste banco e contemplar o oceano, saberá o sentido. Do quê?, perguntei. O sentido, ele respondeu antes do ronco final endurecer os seus olhos.

Quando a balsa chegou à margem oposta, movida pelo vento e pela sorte, a insistente garoa já se transformara em chuva. Ajeitei o outro no barco e o soltei no rio, à procura de alguém disposto a lhe dar uma moeda ou, talvez, um funeral digno. Parti sem lhe deixar uma oração, e também sem pena.

Desde que minha mulher falecera de câncer, três anos antes, tornara-me um homem sem objetivos. Existia um vácuo na alma, silêncio difícil de ser preenchido. O fato de um condutor de barco confidenciar tal segredo deveria ter alguma explicação para a minha vida.

Dois dias depois, cheguei à cidade de Bombas, em Santa Catarina. Manobrei meu carro com cautela até Quatro Ilhas. Era uma manhã bonita. O sol gritava no firmamento, uma explosão de luz e calor a incendiar as peles lustrosas de suor, os grãos de areia, o distante tremular do oceano. Separando a estrada da orla marítima, um cinturão de pinheiros fornecia sombra para quem cansava do sol, assim como servia de refúgio para alguns vendedores ambulantes. No horizonte, surfistas brincavam com ondas invisíveis.

Assim que desci do carro, identifiquei o banco que o condutor da balsa me falara. Estava sob a sombra de um pinheiro, o mais vistoso. Dois metros à sua frente, iniciava a areia da praia. A brisa calma das primeiras horas da tarde roçava os galhos do pinheiro, fragmentando o sol em dezenas de pequenos riscos. Esculpido na pedra, o banco espreitava as águas com a indiferença das coisas que se sabem eternas. Ninguém estava sentado, mas algo na atmosfera do banco era hipnótico. Bastava vê-lo que se tornava irresistível a vontade de sentar embalado pelo vento discreto que vaga pelo mundo desde o início, em um dia de sol, com o balancear das ondas alguns metros à frente e o marulhar sussurrante desestabilizando as certezas.

Aproximei-me do banco e, quando estava quase o alcançando, percebi que um homem caminhava na minha direção. Como um pergaminho curtido pelo deserto, a pele estava tão bronzeada que era difícil imaginar a sua idade. Acabara de sair da água, a julgar pelos pingos que ainda deslizavam. Vestia uma sunga amarela que a cor da pele tornara dourada. A mão estava aberta sobre os olhos, como uma viseira, protegendo-os da claridade.

Boa tarde, em que posso ajudar?, perguntou, e eu não soube nem como começar a responder. Ele me analisou, olhos ocultos pela sombra dos dedos, e sorriu. Com um gesto, convidou-me a acompanhá-lo até o banco.

Visto de perto, parecia um bloco de pedra manchado de cinza e branco. Alguém fizera uma fogueira próxima do seu encosto, deixando marcas negras. Antes que eu esboçasse um movimento para sentar, o desconhecido segurou meu braço. Ele cheirava a mariscos, e seus olhos eram de um azul indecoroso. Aproximou a boca do meu ouvido e confidenciou, há duas noites sonhei contigo, você estava no mar com um homem morto. Engasguei: ninguém sabia que eu estava na balsa. O homem sussurrou, obrigado por ter vindo tão rápido, e, ao se afastar, percebi os olhos cheios de lágrimas.

Ele apontou para uma barraca: ali trabalha o Claudião, quando estiver com fome ou sede ele vai cuidar de tudo. Mostrou uma casa distante: Teresa mora logo ali, ela tem cama e, se quiseres, companhia. Enxugou as lágrimas, respirou fundo e completou: o horário que mais aparece gente é das dez horas da manhã até três da tarde. Algumas pessoas deverão sentar e outras não, mas tu saberás quem está pronto e quem ainda não merece. Apontou o dedo em um alerta, não deixe crianças se aproximarem.

Estava se afastando na direção do oceano quando recuperei a fala: espere aí! Ele me obedeceu. Ao virar, notei seus ombros curvados, envelhecidos. A pergunta brotou dos meus lábios: quem sou eu? O estranho sorriu de forma ampla, revelando poucos dentes na boca: até onde sei, você é a pessoa que enxerguei no meu sonho, no dia em que sentei no banco.

    Antes que pudesse segurá-lo com outra pergunta, ele girou sobre os calcanhares e correu na direção do oceano. Furou as ondas com raiva e continuou avançando. Pensei em correr atrás, mas, quando meu corpo mexeu, mal consegui distinguir os cabelos negros na superfície cristalina. O desconhecido não tardou a sumir, deixando uma sensação incômoda, pois hoje não sei nem se chegou a existir, tamanha a aura de sonho que o envolvia.

    Desde esse momento, passei a morar em Quatro Ilhas. Várias vezes tentei ir embora, mas não consegui. Fiz pronta amizade com Claudião e com Teresa. O vazio sumiu do meu peito. Todos os dias caminho na praia e nado no oceano, os olhos sempre fixos no banco. Algumas pessoas eu afasto com delicadeza, outras não. Com o tempo, aprendi a respeitá-lo, mas chegará o instante em que este sentimento vai se transformar em amor. Então, neste dia único, sentarei sobre a pedra cinza e repetirei a pergunta, quem sou?, prestando atenção na brisa, no cicio das águas, no mosaico do sol golpeando a minha pele.

## A passionalidade dos crimes

Não existe texto inocente. Foi você quem disse esta frase quando nos conhecemos, e a circunstância de recordar algo que foi dito doze anos atrás demonstra a importância que sempre dei para a sua opinião. Estávamos em um destes infindáveis congressos. O ambiente era paradisíaco; o princípio da noite acariciava as janelas do plenário, trazendo a brisa para ondular palmeiras à beira mar. No centro da mesa, você dominava o público com os seus olhos castanhos, que eram brandidos como chicotes de um lado para o outro, à espera que algum inimigo se atrevesse. Não sei se já lhe disseram, mas existe algo de inexorável em você, algo de rochedo; talvez sejam os cabelos de prata, as sobrancelhas teimosas ou o queixo quadrado de um boxeador. Você se acha intocável. Ignora que mesmo rochedos podem desmoronar quando se encontra o ponto fraco. Eu demorei, mas descobri o seu, professor, e, hoje, irei matá-lo.

A curiosidade lhe impulsiona a continuar lendo estas linhas, mesmo sabendo que elas contêm a chave da aniquilação. Quando escrevi a primeira letra, desencadeei o movimento que trará a morte na última. Cruel, não é? Ser incapaz de parar a própria morte. Você também foi cruel na primeira vez em que, rompendo a timidez, decidi me aproximar do seu grupo de amigos e expressar a admiração que sentia. Seus olhos vagavam pelo salão, detendo-se microssegundos nos quadris de cada mulher. Era visível a sua impaciência e os lábios torciam-se em um sorriso maldoso enquanto ouvia as minhas palavras gaguejadas. Você perguntou, subitamente, o que eu estudava e, ao ouvir Virginia Woolf, sentenciou "ela era uma idiota, devia ter se matado mais cedo, assim você poderia estudar algo que valesse a pena". As pessoas ao redor soltaram gargalhadas. Não lembro direito o que aconteceu a seguir, mas, de repente, estava no quarto da pensão, deitado sobre o cheiro excessivo de amaciante da cama, as suas palavras reverberando na minha memória, trazendo consigo ondas vermelhas de humilhação.

Você sabia que nunca mais consegui ler Virginia Woolf com o mesmo encanto? Pois é. Palavras também não são puras. São repletas de passionalidade, de intenções ocultas ou claras, de espinhos e pontas e carícias e dores. Toda palavra que sai do nosso corpo é uma flecha e, às vezes, acertar o alvo é somente um detalhe. Assim como cortam o ar, as palavras rompem a tranquilidade do universo e distorcem o mundo, fazendo-nos viver um emaranhado incessante de atordoamentos.

Contudo, antes de lhe matar, contarei três histórias. Você é um homem cheio de histórias, merece esta consideração. Conta a Bíblia que o profeta Eliseu caminhava para Betel quando meninos saíram da cidade e zombaram dele, gritando "sobe, calvo!", "sobe, calvo!". Eliseu podia deixar para lá e seguir caminho, mas, irritado, acabou amaldiçoando as crianças em nome do Senhor. Após o rompante de fúria, saíram dois ursos de um bosque próximo e despedaçaram, então, quarenta e dois meninos.

Considero esta história uma prova do mau humor divino. Os meninos estão chateando o meu profeta? Então vou matar todos. Crianças são ingênuas e merecem o Reino dos Céus? Não, são malvadas, bobas e mandarei dois ursos para acabar com a raça delas. *Quid pro quo*. Detalhe: não um, mas dois ursos. Imagino um homem subindo o morro, cansado depois de pregar a bondade do Deus único, a careca reluzindo com gotas de suor. De repente, meninos ridicularizam o profeta, que resolve dar o troco e pede a interferência do Senhor. A vingança é desproporcional e sangrenta. A travessura vira um filme de terror, na medida em que Eliseu se delicia vendo as crianças sendo despedaçadas – quem mandou brincarem com ele?

Se Deus pode ser voluntarioso, o que dizer dos homens? Tentei manter a passionalidade longe da nossa relação, tanto que não falei nada quando você se aproximou no dia seguinte e sentou-se à minha frente na mesa do restaurante. Nunca houve um pedido de perdão e, assim como o "calvo" dos meninos de Betel, talvez toda a nossa história não tivesse acontecido se você admitisse a grosseria do dia anterior. Pensou que o gesto magnânimo de sentar comigo fosse suficiente para deixar implícitas as suas desculpas, mas as crianças também pensaram que o homem calvo subindo a montanha fosse somente um homem calvo, jamais imaginaram que, ao seu lado, caminhava a sombra maligna de um Deus impossível. Apesar disso, você se sentou e conversou comigo. Como sempre faria a partir de então, ignorou meus pensamentos, dedicando-se a tecer longas ideias repletas de espirais, de becos e de ângulos. Os seus olhos devoravam a minha juventude, urubus farejando a carniça. Você invejou a minha capacidade de sonhar e, assim, assumiu o encargo de beber da minha inocência e me transformar em uma criatura pérfida.

O fato de ainda recordar a nossa primeira conversa deveria lhe deixar com receio. É perturbador saber que alguém pode passar mais de uma década lembrando palavras e silêncios, retendo na memória a camisa azul escura que você usava, sendo capaz de descrever, em riqueza de detalhes, a batata frita que caiu do seu prato sobre a toalha xadrez.

Naquela primeira vez, você falou sobre a sua obsessão: a última palavra. O gatilho. Aquilo que algumas pessoas iluminadas conseguiam descobrir, mas não suplantar. O nome secreto que cada alma possui. Os artistas que passaram a vida toda buscando esta palavra exata, e do perigo dos escritores estarem mais suscetíveis a encontrá-la em algum texto que escrevessem ou lessem. Não caminhamos na Biblioteca de Babel procurando livros, mas caminhamos por livros buscando obsessivamente uma única sequência de letras. Você explicou que Hemingway se matou quando achou a palavra, que Virginia Woolf gastou suas últimas forças em uma carta para o marido antes de entrar no lago, que Salinger se isolou e passou a vida toda procurando, que Rimbaud enlouqueceu quando a encontrou. Com gestos expansivos, você perguntou se eu era capaz de escutar o grito horrível que nunca parava de soar e que as pessoas normalmente costumavam chamar de silêncio. Fui educado; não quis observar que esta frase era de Herzog, e não sua.

Ao término do almoço, recebi o convite para trabalharmos juntos, e foi quando virei um espectro das suas ambições. Você acabou com as minhas amizades graças às suas ironias. Liquidou a vida social que eu possuía, dando-me quantidades absurdas de trabalho. Você me afastou da minha família, ridicularizando-os sem cansar. Você disciplinou a minha vida financeira, atrasando o salário e me desanimando quando eu comprava algo. Você, professor, foi a sanguessuga que, gota a gota, se apossou da minha essência. Quebrou-me em tantos pedaços que cheguei a esquecer de quem era.

Tudo consegui perdoar. Mas quando, depois de oito anos de humilhações, você conquistou a minha namorada e a engravidou para que ela me largasse, não pude mais. Na última vez em que nos vimos, você estava próximo do segurança da faculdade para lhe proteger de algum ato destemperado, mas o sorriso vitorioso transformou-se em preocupação quando viu o monstro que criara. Um ser feito de ódio lhe encarava, com um único objetivo: extirpar a sua sombra deste mundo.

Devo contar a segunda história agora. Era uma manhã de terça-feira quando Maria Cândida Cardoso, com seu melhor vestido, subiu em um prédio e se jogou. Quis o destino que ela caísse sobre outra mulher, e aquilo que era para ser um suicídio transformou-se também em um homicídio. Um acaso trágico. Anos depois, o filho de Maria Cândida, procurando saber mais sobre a mãe, descobriu que a outra morta fora sua colega de escola. O acaso trágico virara uma coincidência quase impossível. Investigando mais a fundo, o rapaz soube que as duas mulheres, sem nunca terem trocado uma palavra, tinham se enfrentado em todos os campos de batalha possíveis, desde as suas profissões até os amores. Quando Maria Cândida recebeu a notícia de que a inimiga estava com câncer, decidiu que ela não podia morrer antes. Planejou tudo com cuidado e, quando se jogou, não fez para se suicidar, mas com a intenção de matar a outra.

Imagine o cálculo que Maria Cândida precisou fazer, as semanas em que arquitetou cada detalhe da própria morte; imagine o vento no rosto dela, o olhar detendo-se na trajetória da inimiga que caminhava na rua, inocente, e que poderia mudar o percurso a qualquer momento. No intervalo que durou a queda, Maria Cândida deve ter pensado na inutilidade do seu sacrifício, em dar a vida com o ridículo propósito de retirar a de outra pessoa. Sobreviver à inimiga faria mais sentido, mas o que seria da sua vida sem objetivo para o ódio? Talvez ela tenha entendido, enfim, que sempre foi o espectro titubeante de outra pessoa, jamais alguém com vontade própria.

Há muitos anos você tenta escapar da minha fúria, professor, às vezes com ironia, às vezes com pavor. Sua existência só se justifica enquanto souber que possui uma antítese de ódio a lhe perseguir. Você pensa que encapsulou a própria Morte dentro do meu corpo e a libertou na Terra, em uma perseguição insana. Imagina que sou aquele que deve matá-lo e, assim, quanto maior a minha distância entre nós, acredita ser maior a sua imortalidade.

Você se cercou de guardas, de protetores, de informantes, de muros e de distâncias. No entanto, acabou esquecendo as próprias lições, e me impressiona que exista alguém tão desleixado com o seu objeto de estudo. Qual é a única forma de ultrapassar muros e defesas? Através da arma invisível que você acaba de cravar em si mesmo.

Durante anos eu procurei a sua palavra, professor. Não vou descrever todo o meu método, mas foi longo e laborioso. Em muitos dias, senti a loucura se escondendo nas reentrâncias, e receei que não seria capaz de me reconstruir, mas conseguia voltar. Destrinchei a sua vida, estudei cada um dos gestos e procurei, nas omissões e silêncios, o fantasma do qual o seu espírito fugia. Foi assim que, em uma antiga entrevista dada para o rádio, percebi o estremecimento da sua voz e, no meio da fala, a mudança súbita em um argumento. De forma inconsciente, você entendeu que era inevitável passar pela última palavra, e precisou reordenar as ideias para fugir. Pesquisei, reduzi, simplifiquei e, no meio dos dejetos da fala, do restolho, se escondia o diamante. Voltei a analisar toda a sua vida até perceber que aquela única palavra, nunca dita ou escrita antes, só podia ser a sua última.

Em seguida, só precisei escrever este texto e implantar a palavra nele. No meio do bosque da sua existência, plantei uma erva daninha. Sabia da sua curiosidade e da forma voraz com que analisa todos os meus escritos. Sabia que você procuraria outros sentidos naquilo que escrevi e acabaria se deparando com a palavra. No momento em que você lê estas linhas, o veneno está percorrendo o seu organismo. A palavra se espalha pela corrente sanguínea; células desabrocham em vírus, o corpo começa o processo de autodestruição. Em não mais de três horas, você concluirá que a morte é o único caminho lógico, e tudo se tornará uma questão de como vai encontrá-la, se com honra ou com esgares reptilianos no chão.

Não existe texto inocente, o que implica em dizer que todo texto é um crime passional. Escrevemos procurando a vítima, procurando a morte que desliza entre as linhas, sempre próxima, sempre neblina. Se Eliseu usou Deus por vingança, se Maria Cândida morreu para matar, nada impede que meu texto – cuidadosamente construído em torno de uma única palavra – seja o punhal que se retorce no meio das suas tripas, cada vez mais fundo e venenoso.

No entanto, serei justo. Assim como achei o veneno, também encontrei a cura, a palavra que pode lhe salvar, aquela que sempre serviu como sua tábua de salvação no meio deste mundo repleto de sensações desordenadas. Ela está neste texto, ao alcance da sua inteligência. Contudo, não resisti ao sadismo e coloquei o antídoto de forma indireta, disfarçado entre as sílabas. Quatro sílabas de quatro palavras diferentes, para ser exato. Você tem três horas para encontrar a sua salvação, professor. Cada vez que errar, cada momento em que reler o texto atrás da salvação que escondi nele, mais e mais veneno se espalhará pelo seu corpo, mais dor eu lhe causarei.

    Por ser alguém observador, deve estar se perguntando onde está a terceira história que eu contaria. Ela não existe: foi só um pretexto para que você me lesse até o fim. Ou talvez seja a história de um rapaz sonhador, que assistiu a uma palestra de alguém que idolatrava e dedicou a sua vida para provar a teoria do outro, encontrando uma forma de trabalharem juntos, sofrendo múltiplas humilhações, e até mesmo achando a mulher perfeita que os olhares cobiçosos daquela primeira noite denunciaram, mulher que poderia ser roubada e daria, assim, o motivo perfeito. Talvez você seja parte do meu objeto de estudo, professor, e tudo esteja planejado desde antes do início. É possível que eu nunca tenha sido a vítima, e sim o mais longo dos assassinos: o perfeito. Aquele que não deixa rastros.

    A minha vida foi um preâmbulo para a sua morte. No baricentro do triângulo formado por Virginia Woolf, o profeta Eliseu e Maria Cândida (não existe nada inocente neste texto, lembra?), encontra-se o motivo verdadeiro para o meu ódio, mas suas últimas três horas estão correndo, e você tem 2.247 palavras para separar em sílabas. Não vou mais desperdiçar seu tempo, professor.

    Boa sorte.

# Neve em Votkinsk

Silêncio: o silêncio antecede o caos. A multidão rumoreja, o som das roupas se esfregando, plenas de volúpia, os balbucios, as risadinhas controladas, os pigarros, as abas dos leques ondulando na escuridão ainda jovem da sala de concertos. Na cadeira principal, espero o momento de ser confrontado com a obra (todos os olhos estão grudados nas minhas costas, todos), e sinto medo, um algo gotejante que crava dentes famintos na respiração. E se eu falhar? Então, é assim que o criador se sente, com tanto pavor, tanta angústia? A visão enevoa, a fronte enche-se de suor frio e, fugindo do desmaio, procuro refúgio na memória, na época em que o mundo branco não era impregnado de desespero. No mesmo momento, a baqueta levanta e, enfim, rasga o universo: trompas, trompas, elas surgem de corpos metálicos para me acalmar. Com gritos angélicos, a orquestra tenta silenciá-las, e o caos se derrama, doce, pela sala de concertos. Começou. Votkinsk: a neve no meu rosto. Lágrima gelada. Carta para Modest, 29 de outubro de 1874: "quero começar o concerto para piano, mas a coisa não sai". Presa está a música, assim como o piano, que se liberta, triunfante, patético, em arquejos de raiva. Violinos desenham o ar, manobram as trompas; são matreiros os violinos, eles sabem atenuar a violência que os envolve. Não lembro de ter escrito esta sequência de notas, mas a música se formou dentro de mim, e sei que cada som saiu da maldita neve que carcome o meu espírito com seus dedos de abismo. Carta para Anatoly: "estou imerso na composição do concerto, mas a obra segue muito difícil e me dou mal. Por princípio, estou me violando e faço minha cabeça inventar novas notas para o piano. Como resultado, tenho os nervos bem desorganizados." Nervos, nervos; tudo está fora do lugar, não tenho eixo. O piano domina o mundo, dedos brandidos como martelos, violentando o teclado com a crueldade das suas arremetidas. A neve em Votkinsk: o céu que se desfaz em pedaços de gelo. No rosto quente ainda ecoa a bofetada. Tu não deves chorar; tu não deves sentir. As cordas seguram o piano, tentam impedir que as teclas entrem em pânico. Véspera de Natal, 1874. Rubinstein e Hubert escutando o concerto: mãos suadas. Estão me avaliando. Ofereço a obra pronta, mas peço comentários. Toco a primeira parte. Silêncio: logo virá o caos. Qualquer palavra me serve agora. Por favor, não se calem. Os violinos conseguem subjugar o piano, apaziguam a sua cavalgada, ajudados pelos contrabaixos e sua solenidade falsa. A rispidez ondula por entre as partituras. Flocos de gelo saem das teclas: alguns rápidos, outros grossos, a música se despedaça. Assim como o mundo. A neve em Votkinsk tem gosto de maravilha. E então? Digam algo! Rubinstein: "o concerto não presta para nada, é impossível tocá-lo, as passagens são batidas, desajeitadas e tão canhestras que é impossível corrigir." O inverno domina a sala com sua voz úmida de estalactite. Quero que ele se cale, mas não, Rubinstein prossegue. "Como composição, é ruim, é vulgar, você roubou esta linha melódica de Tsardayev, aquela outra de Balakirov, existem apenas duas folhas que podem ficar, o resto deve ser jogado fora." Rubinstein, o maior pianista de Moscou. A pessoa para quem dediquei o meu primeiro concerto para piano. O mesmo homem que, agora, me mandou tocá-lo fora. Como se fosse assim tão simples se livrar de um fantasma que assombra cada passo meu, sibilando "não és capaz, tu não vais conseguir". Como faço para extirpar a alma do corpo que lhe sustenta? Como removo a neve que se acumula na memória? Como esqueço a sombra de dedos quentes marcados no meu rosto? Momentos de calma: as notas se sucedem, solitárias, nadando em meio à angústia de existirem, a flauta tentando trazer um alento de esperança. O piano quer contar para o mundo aquilo que lhe machuca, mas os instrumentos insistem em calar a sua voz; ninguém deseja escutar verdades. Saio da sala, deixando os dois homens para trás. Não posso chorar, não sou uma criança! Quebraram-me ao meio. Todos os meus esforços durante dois anos, tudo destruído. Não sou capaz. Não vou conseguir. Não vou. Rubinstein entra na sala onde estou escondido. Mão no meu ombro, voz plena de piedade: "o concerto é impossível mesmo, essa passagem está errada, a outra também, o terceiro movimento é mal distribuído, tudo está malfeito, mas, se você mudar aqui, e ali, e todas essas passagens, e se você seguir as normas do que é um concerto bem feito, aquele que encanta as plateias, neste caso, sim, eu poderei tocá-lo." Na janela, a neve recém-nascida esbofeteia o vidro. Não vou refazer nenhuma nota! Vou publicá-lo assim como ele está agora! Saio da sala e o estrondo da porta me segue, assim como a inimizade de Rubinstein. Paciente, o piano reconstrói o mundo e seus pedaços derretidos. As notas despejam-se sobre os cellos, que erguem o seu lamento, perseguidos pelos onipresentes violinos no seu esforço de impedir o descontrole da melodia. Isso é irritante, não nasci para ser controlado; descontrolem-se!, e o súbito estraçalhar dos pratos me faz saltar na cadeira. O rapaz continua correndo, a neve quebrando-se contra o rosto marcado pela vergonha, as palavras ditas pelo pai cravando adagas quentes a cada vez que ribombam na sua cabeça. Carta para Anatoly: "senti uma forte impressão, como se um golpe tivesse sido desfechado por ninguém menos que o próprio Rubinstein. Estou muito sozinho, muito sozinho aqui, e a não ser pelo trabalho permanente, simplesmente cairia em melancolia. É mesmo verdade que meu maldito temperamento gera entre mim e a maioria das pessoas um abismo intransitável. Ele propaga no meu caráter alienação, medo das pessoas, timidez, acanhamento desmedido, desconfiança, em suma, mil coisas pelas quais fico cada vez mais antissocial. Imagine que, ultimamente, com frequência, me vem a ideia de entrar para um mosteiro ou qualquer coisa semelhante. Por favor, não pense que fisicamente também me sinto mal. Estou bem, durmo bem, me alimento melhor ainda." Melancolia em Moscou. Solidão. Longas caminhadas pela neve, que não tem o mesmo sabor daquela de Votkinsk. O deserto das ruas espelha o vazio da música que bruxuleia no meu interior: não sou capaz, não sou capaz. Não sou. Remexo-me na poltrona; o piano vibra notas e, de súbito, irrompe em alegria. Da tristeza nasce um sentido possível para a vida. A música nunca me deixa só; é quem me acompanha nos prados infinitos, é quem preenche meus passos com ruídos invisíveis, é a minha amiga nas noites repletas de parafina escorrendo. Ela nunca me falhou e, se existe alguém que a decepcionou, fui eu, com esta carne lerda, este espírito exausto, esta vontade feita de farrapos e de medos. Nunca estarei abandonado enquanto a minha alma ressoar nos violinos, na solenidade dos cellos, nas certezas dos contrabaixos, nos instrumentos de sopro que, como Bóreas, são capazes de se transformar naquilo que desejam. O inverno de Moscou tentou me matar de todas as formas e, ainda assim, eu prossigo, pois a música não me deixa morrer em paz. Carta para Modest, maio de 1875: "Por todo o inverno, em um grau maior ou menor, andava melancólico e, às vezes, até chegando a sentir nojo da vida, chamando a morte. Agora, com a aproximação da primavera, esses ataques de melancolia terminaram completamente, mas, pelo o que sei, de um ano para o outro, ou, melhor dizendo, a cada inverno, eles voltarão em grau mais forte." Somente o piano pode afastar a neve que nunca cessa dentro da minha cabeça, ela e os seus pontiagudos desesperos. A primavera se esgueirando, úmida, embarrada, pelas ruas de Moscou. Retorno às aulas, retorno à rotina. O concerto apodrecendo nas gavetas. Talvez Rubinstein esteja certo e ele seja um lixo. Por que não faço uma obra normal? Por qual motivo tentei tamanha aberração? Talvez eu esteja errado, a neve de Votkinsk não é o paraíso que chora sobre os homens. A música intocável, sempre ela, a assombrar a insônia das minhas noites. Um momento de claridade no meio da tempestade. O maestro dança sobre a orquestra, e os instrumentos ondulam em harmonia, procurando se sustentar no meio daquele oceano de imagens furiosas em que transformei os meus medos. Tu não deves sentir; tu não deves chorar. Tu não és meu filho. Lágrimas são rios gelados que deslizam. A música prolonga a dor, faz-me descer novamente ao inferno. A cantiga distraída sussurrada por minha mãe enquanto costurava está ali, dentro do meu corpo, é o que dá estrutura para o universo – um sopro de luz no meio da morte. Na metade do ano, junto o resto de coragem e mando o concerto para Hans Von Büllow. Se a resposta for semelhante à de Rubinstein, prometo queimar folha a folha da minha alma na lareira e esquecer estas notas enlouquecedoras que infestam meu espírito como cupins esboroando um navio. A resposta chega: "é a mais perfeita de todas as obras por mim conhecidas. Pelas ideias é tão original, sem excessivo requinte, tão nobre, tão vigoroso, tão interessante nos detalhes, que a sua abundância não prejudica a clareza e a unidade da ideia geral. É tão maduro pela forma, tão cheio de 'estilo', que intenção e realização combinam-se harmoniosamente. Em suma, é um verdadeiro tesouro." A sala de concerto enche de melancolia, que se espalha como ondas, batendo nas paredes e nos corpos, espalhando sonhos desfeitos por todos os lados. Os cellos respondem, repletos de insegurança. As violas estremecem, tímidas, enquanto as flautas não desistem de acreditar. Pedro, tu és fraco. Não vais conseguir. Não nasceste para fazer música, mas para ser diplomata ou funcionário do governo. Não me decepciones ainda mais, meu filho. Desista desta loucura. Desista, o demônio sussurra. Queime o concerto, Rubinstein sorri. Seja como os outros, o pai suplica, e eu respondo: não. Não vou queimar a minha obra; não vou desistir. Não. A neve tenta segurar a pele, tenta impedir os passos, mas o tapa é o combustível do rapaz, que corre, queimante, pelas ruas de Votkinsk. A música se multiplica na sala de concerto; ela saiu das minhas noites de solidão e, agora, se espalha pelos ouvidos do mundo, voltando para as melodias insepultas que ainda me fustigam por dentro. Elas nunca param. Onde estão os fagotes? Eles são a base desta linha melódica, não nos abandone agora, fagotes, não nos deixe a vagar sem sentido no meio da melodia. Em setembro de 1878, Taneev, meu aluno preferido, avisa que estudou o concerto e estava preparado para tocá-lo em São Petersburgo. Fracasso, fracasso completo. Carta para Von Büllow: "Foi desesperadamente aleijado, em particular, devido ao condutor da orquestra que levou o acompanhamento de uma forma que, em vez de música, fez-se uma cacofonia terrível. O pianista tocava honestamente, mas de modo plano, sem gosto e sem encanto algum. A peça não teve sucesso." Desista, Pedro. É loucura. Seria tão fácil desistir de tamanho tormento, ter uma música que somente eu entendo. Muitas noites olhando a lareira, imaginando o meu concerto se contorcendo nas chamas, libertando-me do suplício de ser o veículo de uma música abominável, ainda que divina. Eu não sei o motivo pelo qual faço isso. Não sei o motivo de sentir tanta dor. Seria simples não criar, sufocar a voz que nunca se cala, manter a música presa dentro do corpo. É grande a tentação de ser uma pessoa normal, um músico respeitado pelos seus pares, um filho que dá orgulho aos pais. Mas eu não consigo. Sou fraco, e a música é forte. A neve de Votkinsk mora nos meus devaneios. Consigo vê-la, oscilante, dentro da minha sombra. Enquanto as trompas retornam, triunfais, sinalizando o final do primeiro movimento, percebo a face ainda queimando com o eco da bofetada. Escuto, como se fosse agora, o pigarro de Rubinstein quando mandou tocar fora a minha obra. Sinto, como se fossem socos, as vaias e apupos com que receberam o meu concerto. Eu fui demolido e, ainda assim, hoje estou aqui, sentado. A música toma forma na minha frente, e sei, no meu mais íntimo, que hoje todos irão entender. Que eu não sou um homem, mas uma música que anda. Que eu só queria esquecer um tapa. Que eu ainda sonho com a melodia da neve de Votkinsk. Que eu não vou desistir nunca de ser quem sou. Oh, meus queridos amigos que agora se encantam com os clarinetes e violinos guiando o final do primeiro movimento, vocês não sabem quantas vezes precisei morrer para que este concerto existisse hoje.

## Os que se arremessam

> *"Me diz aí, você é um daqueles homens que se jogam?"*
> Angélica, *"Estrelas"* (Rede Globo, 2014).

Pelo começo? Tudo bem. Já contei essa história outras vezes, posso contar quantas mais quiserem. Não se preocupem, ela não vai mudar. Somente vocês vão.

Antes, preciso dizer: as pessoas normais olham, mas não enxergam. Passam impunes pelos lugares, sem imaginar os segredos, sem ter a noção de que, subjacente ao tecido da cidade, como faíscas e lampejos surgindo por trás de pele envelhecida, existem mistérios tão profundos que atravessam o tempo e, telúricos, ficam adormecidos na parte mais funda do arrepio, no estertor que dá início ao gozo. Vocês são o pior tipo de cego, o que desvia o olhar quando o impossível surge na curva da realidade, o que ignora as batidas na porta quando a loucura deseja entrar para tomar um café. Vocês não são homens; não passam de covardes, covardes eternos.

Dito isto, não adianta desviar o olhar. Sabem que eu falo a verdade; vocês me entendem. Podem me acusar de tudo, como fazem agora. Contudo, ninguém pode dizer que fugi da raia quando o infinito me convidou para dançar. Não, não. Começou na época da faculdade. Eu costumava pegar o ônibus debaixo do viaduto da Conceição, em Porto Alegre. Era uma manhã de chuva e, em meio aos pingos que misturavam pessoas, carros e águas, li a frase em um pilar do viaduto: "Alguns atropelamentos são intencionais". Ela não estava escrita, mas esculpida, rasgada, como se um ser em desespero tivesse usado um prego para inscrevê-la e, assim, burlar a memória própria das pedras. A essa altura do campeonato, vocês devem ter procurado a frase e não a encontrado. Acreditem, ainda está lá. Talvez a tenham ocultado atrás de um cartaz, talvez tenham colocado tinta, argamassa ou cimento sobre ela, mas, por baixo, as palavras permanecem assombrando o pilar, vigiando as pessoas que nem desconfiam da sua existência.

Dizem que inventei a frase para me justificar, mas acham mesmo que eu seria capaz de criar algo tão original? Não sou tão esperto assim. Prestem atenção: "alguns atropelamentos". Não são todos, são alguns. A maioria deles é acidental, mas nem todos. O motorista pode atropelar de propósito. Seria tão simples ver o desafeto atravessando a rua, deixar o pé sobre o acelerador, escutar o corpo frágil desmontando diante do ataque de quilos de ferro em fúria e, depois, o teatro, o ranger dos pneus, o sair do veículo com as mãos na cabeça, "ai, meu Deus, o que eu fiz?", a tentativa de ajudar a vítima. Vocês sabem, ora, quem nunca teve a vontade de passar por cima de alguém que jogue a primeira pedra!

Ter a noção de que existem pessoas por aí atropelando outras seria até normal, ainda mais no meio desse mundo psicopata em que vivemos. No entanto, o homem ou mulher que escreveu a frase estava caminhando, não dentro de um veículo. Estava na calçada quando pegou um prego, inscreveu as letras no pilar de concreto e, em seguida, correu para beijar o carro inocente, que jamais imaginou acabar o dia tornando-se um assassino. Os atropelamentos não eram intencionais por causa dos motoristas, e sim das vítimas. Entender essa ideia virou meu mundo de cabeça para baixo.

É fácil hoje me chamarem de louco, mas esquecem da extraordinária investigação que realizei. Graças à frase escondida embaixo de um viaduto sujo, iniciei pesquisas procurando as pessoas que corriam na direção dos carros. Vocês imaginam quantas entrevistas realizei? Sabem quantas reportagens eu li, sobre quantos livros me debrucei procurando o mais leve indício? Sabem das noites em que não dormi, dos dias em que estive perto de desistir, do meu isolamento, da angústia? Vocês não sabem de nada e, assim, julgam de acordo com a sua visão míope da realidade. No meu íntimo, sacrifiquei a vida por todos. Fosse esse um mundo justo, vocês me chamariam de Jesus. Ou me dariam uma medalha.

Demorei, mas consegui. Não vou entrar em detalhes enfadonhos, já desenrolei, durante esse inquérito, o fio quase invisível do novelo das histórias. O importante é saber que, com persistência e desvario, encontrei uma seita que se esgueira pelas dobras do mundo, formada por homens e mulheres quase invisíveis de tão anônimos. Durante o dia, são pessoas normais, engenheiros, professores, médicos, pedreiros, e, à noite, dedicam-se à atividade que lhes dá sentido, a única capaz de fazer a vida ribombar pelo seu corpo: a arte do arremesso.

Não culpo vocês por serem tão bobos e permanecerem sorrindo enquanto revelo minhas descobertas. Por trás das expressões de ironia, percebo a dúvida corroendo os espíritos: e se eu estiver certo? Logo saberemos, não é? Quando falo em arremesso, quero dizer o sentido real, não essa fantasia de se impulsionar de algum lugar para outro. É a sensação mais pura que se pode experimentar: não ter corpo, fazer parte de algo maior, do universo ou de Deus, que seja. De uma forma ou outra, todo mundo se arremessa: as pessoas se jogam em relações esperando que o ente amado segure a corda no outro lado do penhasco, em empregos que não gostam para garantir o sustento, em vidas medíocres para perpetuarem suas famílias na Terra. Quando falo em se arremessar, estou falando sobre o correr e se jogar, impulsionar-se, perder os limites e, por breves, inebriantes segundos, tornar-se eterno. Após este momento de êxtase, a dura realidade vai aparecer, seja na forma de chão, de parede ou de outro objeto concreto, e a dor será inevitável, uma punição aplicada aos que tentaram ir além. Falo da seita – na falta de um nome oficial, chamo de Seita dos Arremessantes – e dos seus códigos secretos, de homens e mulheres flertando com a gravidade e desafiando os próprios corpos, do Evangelho nunca escrito e que todos decoraram, dos olhares e palavras trocados que revelam a sua existência.

Engana-se quem pensa que o arremesso é sinônimo de morte. O grande objetivo é chegar perto e não morrer, apesar de acidentes acontecerem. Quanto mais alguém se aproximar do Último Arremesso (a passagem para o mundo dos mortos), mais intensa será a sensação. E é viciante. Depois que a pessoa entende, não consegue mais parar. Ela irá se jogar em buracos, em poços, em cachoeiras, em bungee jumps, de aviões. Ou podem ser pequenos pulos. Às vezes alguns atropelamentos são intencionais, mas existem abraços que também podem ser maneiras de se impulsionar em outra pessoa.

Vocês leram o inquérito e as anotações em minha casa, então sabem como surgiu a Seita dos Arremessantes. Tudo começou com Ícaro e o seu desafio de subir até o sol para se jogar e, depois, passou para os homens que criaram formas de se alçarem às alturas, balões, zepelins, aviões. Achavam que eles ambicionavam voar, mas, em segredo, os pioneiros sonhavam era com a queda. Sabem do acontecido na corrida espacial, quando descobriram a impossibilidade de se jogar da Lua, e o dano causado nos astronautas, fenômeno que hoje as pessoas chamam de depressão pós-visita ao espaço. Sabem da fantástica história de Verna Vulovic, que realizou o maior arremesso de todos os tempos, quando pulou de um avião em chamas, caindo da altura de 33 mil pés – e sobreviveu para contar a sensação.

De tanto investigar, um dia acabei experimentando, e segui as regras não-escritas dos meus companheiros. Viajei com os amigos, procurei um lugar inocente (quem nunca se jogou em um lago, acompanhando a curva da cachoeira?) e, então, aconteceu meu Primeiro Arremesso. Essa foi a origem do texto encontrado no meu apartamento e que, sou capaz de dizer de cor:

*"Nunca soube como foi que surgiu esse desejo violento, se ele apareceu ou sempre esteve ali, mortiço, cobra no movimento congelado prestes a cravar os dentes na carne e sugar-me a vida enquanto despeja o veneno em cálices ácidos, cheios de doses de morte em transparência. O vento roçou meu cabelo e arrepiou o corpo, o mundo pequeno diante da altura, a catarata ao lado gritando suas dores líquidas, enquanto eu sentia a revelação cercando o universo em silêncio urgente, as árvores estupidificadas diante do vento que estraçalhava folhas, os pássaros quedando-se na sua invisibilidade, e cada célula do meu corpo urrou, na epifania de quem, enfim, entende tudo, este maravilhoso sentido de ser algo e não mais um silêncio desprovido de razão. Corri na direção do nada, passo a passo me enchendo de indecência, de alegria, e joguei-me no abismo, sabendo que a gravidade me puxaria para baixo, para o inferno de voltar a ser mais um dos escravos da terra, deste planeta que agora eu aprendia a repudiar, ele e suas certezas, tão incongruentes com a liberdade de entregar a sua alma para o divino a nos rodear mesmo quando o negamos. Não preciso negar três vezes a minha essência; não sou mais um homem, sou a antecipação do grito.*

*Atravessei a água do lago, lança de carne e nervos e sangue. No espaço instável separando o pulo da queda, situei ali a felicidade. Jamais me senti tão vivo como no momento em que entreguei a alma para a vertigem. Retornei à superfície, mas a minha certeza de que deveria manter o corpo subjugado à terra enfraquecera. Não podia continuar existindo em um mundo sem o arremesso, sem a indecisão de se saber preso em movimentos sincopados, sem a angústia adocicada de se impulsionar, de atravessar o mundo como se fosse uma flecha plena de raiva e de explosão."*

Palavras são ervas daninhas capazes de derrubarem a mais resistente das sanidades. Mostrei para os iniciados este texto e ele acabou se espalhando. Acho até que o colocaram na internet. Logo tentaram o arremesso e culparam o texto pelo fracasso; alguns morreram, e minhas palavras viraram sempre o mesmo bilhete de suicídio. É da natureza humana culpar o outro, mas sou inocente. Vocês não podem me prender pelo que não fiz. Em nenhum momento convenço as pessoas a se matarem. Palavras também podem ser os pingos de água que transbordam copos, mas ele estava cheio antes do meu surgimento. O texto fala da liberdade, e pode ser uma metáfora ou uma analogia. Ele é puro, ainda que o seu autor possa não ser. Chamem-me de excêntrico ou de maluco, não de *serial killer*.

Se eu fosse um assassino, estaria feliz por estar preso, pois hoje li no jornal a íntegra do texto. Quantas pessoas lerão o jornal? Centenas? Milhares? Existe um motivo para eu estar aqui. Talvez o meu texto também seja um arremesso; talvez todas as histórias, em sua essência, sejam formas de se jogar em alguém. Não sei. Não sou um literato. Sou somente um homem que se arremessa. A pedra que vocês jogaram na vidraça.

Meu depoimento está mexendo com os senhores. Neste momento, palavras correm como serpentes por trás dos olhos de vocês, procurando, na parte mais ancestral do DNA, com a paciência do fio de água procurando um lugar por onde possa escapar, o resquício capaz de fazê-los entender o impulso, o arremesso, o jogar-se para o mundo. Por isso eu pergunto, a julgar pelo desconforto que vocês experimentam nas cadeiras: não estão com vontade de chegar perto de Deus, como eu e tantos já estivemos?

Não resistam, meus amigos. Cedam ao desejo e abram a janela. São doze andares até o chão. Um pequeno passo para o homem também pode ser um salto para dentro da eternidade.

Agora, pulem.

## Os problemas de ser Cláudia

Cláudia chegou em casa atrasada. Bateu a porta, jogou a pasta sobre o sofá e, arregaçando as mangas, dirigiu-se para a cozinha. O pessoal apareceria em pouco tempo, ainda precisava imaginar uma refeição e prepará-la. Quando segurou a maçaneta, foi invadida pelo cheiro do bolo de carne com batatas. Algum ser piedoso tinha escutado as suas lamúrias e decidira intervir, ou então bandidos resolveram ingressar na sua casa para cozinhar um pouco. Abriu a porta e viu Cláudia cozinhando, o avental sujo de tomate, o arroz espumando na panela. Mais do que tudo, sentiu-se aliviada: o jantar não atrasaria. Saiu para não atrapalhar a cozinheira e foi tomar banho.

Quando desceu para jantar, a família estava ao redor da mesa. A outra Cláudia não comia, encarando as próprias unhas com indiferença. Ao percebê-la ingressar na sala, lançou em sua direção um olhar cúmplice. Cláudia sentou-se em um canto e acompanhou o alegre frenesi com que seus filhos se comportavam, o marido assistindo ao telejornal enquanto comia. As duas lavaram a louça, mas não conversaram.

No dia seguinte, Cláudia ficou em casa e Cláudia foi trabalhar. Ao chegar à empresa, pareceu que ninguém lhe via, como era hábito. Entrou na sua sala e viu Cláudia, outra, tomando cafezinho enquanto trocava fofocas com Sirlei. As duas se encararam, e a recém-chegada percebeu que aquela mulher tinha uma aparência profissional e digna, como se tivesse nascido para o trabalho. Sentou-se no canto próximo ao armário e deixou o seu símile trabalhar em paz. Ela era boa, devia admitir.

Voltaram cansadas para casa. Quando estavam no portão, viram Rosa e Júnior chegando com Cláudia. Somente neste instante lembrou que hoje era o dia da reunião dos pais na escola. Os filhos ficaram brincando no pátio. As três entraram em casa e foram recebidas pelo cheiro de massa à bolonhesa. Ao que parece, Cláudia estava criando receitas novas.

Naquela noite, enquanto o marido via futebol no quarto, as Cláudias sentaram ao redor da televisão e assistiram à novela. O máximo que trocavam eram sorrisos polidos, que mal escondiam a tensão dos gestos. Esticaram a noite e assistiram a um filme; Cláudia espantou-se ao ver que duas Cláudias choraram com a trama boba, outra (ela) se manteve neutra e a última permaneceu o tempo inteiro com um sorriso irônico nos lábios.

O dia amanheceu quente. Duas Cláudias se encontraram para o café da manhã feito pela primeira a acordar. Uma delas era desconhecida. Cedo da manhã, uma Cláudia saíra para o trabalho, sem tempo de tomar café. Agora que tinha tempo livre, Cláudia resolveu ajeitar o jardim, um antigo desejo. Ao chegar nele, viu-se com um pulôver velho e luvas sujas de terra. Não quis atrapalhar e resolveu ir para o seu quarto. Passou o dia sozinha, às vezes lendo um livro, em outras assistindo à televisão, enquanto as Cláudias andavam por aí como almas penadas, povoando o mundo.

Como de praxe, no jantar, as mulheres se encontraram, trocando olhares desconfiados. Estava difícil conseguir lugares para todas na mesma sala. Algumas reconheceu, outras não. Ninguém via o dilema da primeira, e isto era angustiante. O ar que as outras respiravam lhe pertencia. A história lhe pertencia, não àquelas sombras. Por segundos pensou em brigar, discutir, fazer algo que quebrasse o incômodo, mas teve medo que Cláudia, a violenta, surgisse, essa criatura imprevisível que colocaria em risco o equilíbrio. Acabou ficando quieta.

Depois da novela, resolveu ir para o quarto e deixar as estranhas vendo o filme. No corredor, ouviu ruídos e abriu a porta de supetão. Seu marido estava lhe traindo com Cláudia, os corpos nus embolados sobre a cama. Sentou-se em uma cadeira do quarto e viu-se transando até o orgasmo. Enquanto o homem dormia, Cláudia saiu da cama para o banheiro e deixou-a deitar.

A pergunta lhe incomodou no outro dia: ainda era Cláudia? Era a original ou uma das outras? Sempre imaginou que controlasse tudo. Saber que virara a voz imaterial ou o fantasma da história alheia era perturbador. Em qual momento perdera o controle da existência e se transformara na espectadora da própria vida? Pensou em se matar, mas teve medo de que a vaga no Paraíso já estivesse ocupada. O inferno era as outras Cláudias.

Tarde da noite, colocou algumas roupas na mala e foi embora. Ninguém viu para onde foi. Em sua homenagem, as outras Cláudias criaram uma, colocando nela um pouco de si.

Ao acordar, Cláudia, a nova, olhou ao redor e as outras entenderam: sempre foram a pedra, nunca Sísifo. Algumas se mataram ao saber a verdade. O resto foi atrás da Cláudia antiga; precisavam reaver o narrador perdido da sua história. A qualquer custo.

# A discursividade dos parques

Toda vez que ia caminhar na praça, eu o via. Sempre segurando um caderno escolar, o homem andava a passos brandos, a atenção presa em cada mínimo detalhe que preenche de inesperado uma manhã qualquer no parque. Quando algo era merecedor de registro (e eu, que o acompanhava à distância, imaginava que podia ser a nuance cremosa de um raio de sol ao atravessar a copa das árvores, a gota de orvalho atrasada escorrendo de uma folha ou o gorjeio agoniado de um passarinho recém-fugido do ninho), o homem detinha-se, sacava uma caneta do casaco e escrevia no caderno. A expressão compenetrada e o ricto de dor nos lábios finos encimados por um bigode não deixavam dúvida sobre a gravidade da tarefa. Não estava registrando por que gostava; era uma missão muito mais importante do que o despejar inconsequente de impressões no papel.

Com o passar do tempo, comecei a encará-lo como parte do parque, tão inevitável quanto as estações que insistiam em brincar entre as árvores. Às vezes trocávamos cumprimentos, bom dia, tudo bem, e nos afastávamos. Pensava que ele fosse um artista naturalista, alguém tão obcecado com a natureza que estava sempre à espera da representação mais real do mundo. Entristecia-me tal possibilidade: eis ali alguém sentenciado pelo perfeccionismo a esperar por um dia impossível.

Ficaríamos meses naquele respeito distante se não fosse o acaso me derrubar no meio de uma corrida. A traiçoeira poça de água escondia o buraco; escorreguei e caí de joelhos, perto do playground, na manhã límpida que normalmente sucede uma borrasca. Tinha certeza de que ninguém testemunhara a minha queda, os joelhos queimando de abrasão e de vergonha, mas duas mãos pousaram nos meus ombros e ajudaram a me recompor. Era o homem do casaco marrom, o espírito do parque.

Gentil, ele me encaminhou até um banco úmido, ainda recendendo à madrugada recém-finda. A visão da calça era desanimadora; além de suja de barro, estava rasgada, e os joelhos ensanguentados espiavam por entre as frestas do tecido. Sentia a dor se espalhando em rajadas quentes a partir das minhas pernas, e não sabia se quebrara algum osso, mas podia adivinhar os roxos que a queda deixaria como estigma temporário. No meio dessas reflexões, de certa forma foi espantoso quando o desconhecido parou ao meu lado, pois eu nunca o vira descansar antes no parque. Pousou o caderno no colo e acariciou a capa cansada, que já conhecera dias de apogeu. Ao perceber meu olhar, indagou com urgência:

– Foi ela quem mandou você? Estou perto ou longe? Tudo que acontece neste parque tem um motivo, e você ter caído hoje, neste exato horário, depois da chuva, precisa significar algo. Quem é você? O que tem a me dizer?

Não consegui responder tantas perguntas. Gaguejei alguns sons enquanto me encolhia na extremidade do banco. O homem tinha o cheiro de veludo das árvores antigas. Ao ver a minha cara de incompreensão, bufou e levantou-se em um salto cheio de fúria. Quando ergueu o caderno, segurei a manga do seu casaco e perguntei o que pretendia dizer. Algo na minha fala deve tê-lo acalmado, pois percebi o seu corpo relaxar aos poucos, até o momento em que voltou a se sentar. Parecia um brinquedo do qual removeram as pilhas.

Na manhã deserta, vigiados pelo sol que lutava contra as nuvens ainda tensas do temporal passado, o homem contou a sua história. Disse chamar-se Armando, e sorriu tristemente ao dizer que era um gerúndio também na vida, sempre com ações em andamento, nunca completas. Hoje estava aposentado, mas, na época em que o seu drama se desenrolou, trabalhava como garçom em um bar. Não especificou quantos anos antes a história acontecera, se ele era um jovem no primeiro emprego ou um homem no auge da sua força laboral, ainda que seja angustiante pensar em Tempo quando o assunto envolve sentimentos.

Armando contou que, no final da tarde de um sábado, iniciado como qualquer um e encerrado na categoria de inesquecível, o bar estava vazio. Ele limpava as mesas, olhando a vida a escorregar por entre as janelas com sua promessa de primavera, de vestidos diáfanos como borboletas e de flores a se despejarem por entre as calçadas, quando a mulher entrou. Quase não lembra mais a imagem dela, mas recorda da sua presença, do sorriso discreto, da aura nebulosa que despegava do corpo e o envolvia como se fosse uma luva. Diante do meu olhar incrédulo, o homem suspirou, olhos fixos no bico dos próprios sapatos: assim é o amor, nunca vemos a pessoa que amamos, somente a sentimos, rodeada por camadas e mais camadas de sentimentos opostos – às vezes de proteção, outras de ódio, em algumas de indiferença, em outras de vontade de estreitar aquela alma e protegê-la dos perigos do universo. Armando era incapaz de descrever a mulher, mas sabia contar o que sentia, e suas alegorias sobre a cegueira e a burrice do amor deixariam ruborizados os melhores poetas que se debruçaram sobre o assunto. Só quem ama sabe falar assim. Podia não ser o homem mais inteligente que eu já conhecera, mas era quem melhor sabia dizer, com linguagem própria e titubeante, o que sentia.

A desconhecida aproximou-se do garçom e o chamou pelo nome. Parecia tão surpresa quanto ele ao descobrir que acertara. Armando ainda recordava o sorriso que iluminou todo o bar, como se ela tivesse ganhado na loteria (versão dele), como se ela tivesse encontrado a pedra filosofal (versão minha). Com uma expressão que unia contentamento e alívio, a mulher segurou-o pelo braço, não acreditando que fosse real e, durante alguns segundos, tudo o que saiu da sua boca foi "eu consegui, não acredito que consegui, era verdade, meu Deus, era verdade mesmo." Coçando a cabeça, o homem se desculpou comigo: não sabia quem era aquela mulher, e esperava que eu fosse entender, mas, imagine só, entra uma louca no bar, diz o nome dele e depois começa a murmurar um monte de esquisitices. Achou que era alguém com problemas e a conduziu até o balcão, para que se acalmasse um pouco. Serviu-lhe um copo de água e, inesperadamente, a desconhecida contou a sua história.

Disse que tudo estava escrito. O mundo inteiro era uma história em andamento e, se as pessoas não viam objetivo ou sentido, eram por serem incapazes de ler as palavras ocultas nas próprias vidas. Contou que tinha passado por muitas necessidades, muitos sofrimentos. Não entendia o propósito de viver se este ato a levava a sentir dor, cada vez mais dor, imensa dor. As pessoas lhe decepcionavam, a família a evitava, o mundo virava-lhe as costas. Sentia uma grande vontade de dar um encerramento para a vida, mas hesitava em tomar a última decisão, o passo sem volta. Tinha medo de falhar também, como falhara em todo o resto. E, assim, a sua vida era um lento arrastar de angústia, o esperar por um fim que nunca chegava.

Até o dia em que, caminhando no parque (e o gesto amplo de Armando deu a entender que era onde estávamos sentados), a mulher enxergou um muro pichado: "Resista". Foi uma visão de relance, na passada rápida, mas a veemência do muro e a tinta fremente a acertaram com força. Ela sentia a palavra correndo dentro do seu corpo com pulsão própria, resista, resista, resista. Foi tão forte que precisou se sentar, a sensação ansiosa para ser vomitada doía-lhe nas têmporas. Não entendia o que estava acontecendo, mas, tempos depois, descobriu que estava sentindo uma epifania, a certeza de que todas as peças do tabuleiro se encaixavam e os segundos da sua vida antecessora só passaram a existir no momento em que deixou a palavra violentá-la. No meio da nuvem de cores e de desesperos que povoava o seu mundo, escutando a cantilena incessante da palavra mágica, alguém passou correndo e a mulher ouviu, "é real!", e as palavras novas cavoucaram no seu peito como se fossem hieróglifos há muito tempo ocultos e que voltavam a cantar músicas mortas para a areia dos desertos. Resista, é real, e a mulher entendeu que o parque, outrora tão inocente, estava conversando com a sua alma, em um nível que os seres humanos tinham desaprendido a entender.

A partir de então, segundo a mulher, tudo foi uma questão de paciência e de tenacidade. Caminhava pelo parque, os sentidos abertos para a mensagem que lhe era destinada. Com suas árvores, suas moléculas humanas e seus caminhos sempre esperados e espantosos, o parque era uma entidade viva que estava em constante diálogo com quem tivesse a disposição de escutá-lo. Ele tinha humores, sonhos e vontades secretas. Às vezes acordava manhoso; em outros dias, distante. Passando por entre as alamedas, perscrutando os diamantes que luziam sobre as águas do lago, escutando sons que remontavam à aurora de tudo, a mulher esperava a mensagem e, aos poucos, palavra por palavra, às vezes escritas, outras murmuradas no entre-vão das moitas, outras que passavam correndo, outras que se entregavam para a degustação lenta, ela foi surgindo.

E era uma mensagem de amor. O parque sabia quem era a pessoa destinada para a mulher, já o tinha visto passar por lá, sabia que ali estava o seu complemento natural. Aos poucos, o parque disse para a mulher que ela devia procurar Armando, o garçom, e deu o endereço do bar.

Armando ficou calado por alguns minutos. Aquela história o deixava consternado, e retomar o passado era reviver dores. Respeitei o seu silêncio, evitando até coçar o joelho latejante. Com um suspiro, o homem confessou que, quando a mulher terminara de contar aquela história toda, ele rira.

Na cara dela. Ao ver o semblante da mulher ensombrecer, Armando disse que ela só podia estar louca, parques jamais falariam com as pessoas, aquilo não podia ser verdade, era alguma espécie de brincadeira. Perguntou se ela tinha bebido algo ou se usava drogas. Mesmo percebendo a mulher cada vez mais chateada, Armando não conseguia parar de rir, fazendo uma piada atrás da outra, machucando a desconhecida a cada gargalhada.

Quando ele enfim se acalmou, a mulher terminou de tomar o copo de água. O encantamento que estava nos seus olhos quando chegara ao bar tinha desaparecido. Ele se transformara na mais legítima expressão da mágoa, ombros desanimados, gestos curtos, e foi aí que falou as palavras que Armando nunca mais esqueceu:

– Você é o homem que foi designado para mim. Você só será completo ao meu lado. Só conhecerá a felicidade comigo. Mas, talvez, você ainda não esteja preparado para ser feliz. Talvez você tenha que passar por muitas dores na sua vida antes de reconhecer que a felicidade existe, e eu possuo a chave dela. Talvez, também, você não deseje ser feliz, e isso é algo que eu respeito. Não foi fácil encontrá-lo e, da mesma forma, não deveria ser fácil me ter. Então, Armando, você vai ter que me encontrar, da mesma forma que eu, no meio de milhares de pessoas, consegui achá-lo.

Levantou-se e, antes de sair do bar, ainda teve tempo para se virar e dizer, com doçura:

– Vou torcer por você.

Foi a única vez em que Armando viu a desconhecida. Depois que ela saiu do bar, o garçom ainda passou algum tempo rindo. Quando chegou o dono e os seus colegas, contou-lhes a história e ouviu várias risadas e brincadeiras: cada maluco que aparece no nosso caminho! Com o passar dos dias, a cada oportunidade que repetia a história, Armando sentia uma sensação quente espalhar-se pelo seu corpo, que logo identificou como carinho. Ao mesmo tempo, o rosto da mulher foi desvanecendo até virar uma sombra, mas ele conseguia sentir além da sua imagem, ela parecia mais sólida após ter perdido o corpo. Logo deixou de contar a história para os outros e passou a mantê-la para si mesmo, como se fosse um tesouro dentro de uma caverna, algo que pudesse entrar para admirar quando quisesse. Esforçava-se para lembrar detalhes, imaginava respostas alternativas, tentava fazer suposições sobre quem seria a mulher. Não lembra quanto tempo levou para notar o óbvio: estava apaixonado.

Junto com a descoberta, veio o desejo inescapável de estar ao lado da outra, de entregar-se à felicidade com a volúpia merecida. Passava noites insones, pensando em alternativas de como encontrá-la. Imaginava pesquisas e investigações, era impossível que alguém sumisse assim da sua vida. Às vezes, lembrando o desânimo da mulher, tinha medo de que ela cansasse de esperar e se entregasse ao fim, e essas eram as suas piores noites, quando imaginava que poderia ter perdido a felicidade para a Morte. No entanto, tinha esperança, e quem sonha em ser feliz sempre é otimista.

Começou a passear pelo parque, esperando encontrar a mulher em alguma curva, atrás das árvores, sentada diante do lago a alimentar os patos. Era possível até que ela estivesse ali, mas não lembrava a sua aparência real. A desconhecida podia passar sorrindo e ele não a reconheceria.

Certo dia, estava indo embora, mãos no bolso, quando o grito súbito de um caminhão de sorvete passou ao seu lado. Alguma criança falou algo no vazio, um único ramo de árvore estremeceu diante de um vento inexistente, e ele leu, tão claro como se sempre tivesse estado ali, o *outdoor*: "Faça." O parque falou com ele, com a sua voz ancestral, e o homem entendeu que era tudo verdade, que a mulher existia e que a felicidade estava ali, cifrada, esperando ser desvendada.

Desde então, Armando caminha de forma incessante pelo parque, tentando achar palavras que façam sentido. Às vezes imagina ter escutado algo, mas a maioria dos dias passa em silêncio. O parque recusa-se a conversar com ele, liberando alguma informação vez que outra, mas de forma incompleta. Armando se desloca por todos os lados, procurando a desconhecida, sabendo que a felicidade depende somente da sua atenção.

O parque já era preenchido por pessoas atrás do sol. Percebi que Armando estava cansado como se tivesse passado por uma longa jornada. O cansaço de anos de procura infrutífera devia estar pesando sobre os seus ombros. Ele voltou a acariciar o caderno, companheiro de infortúnio, e ergueu-se. Com um sorriso triste, disse que era um dia bonito, que tinha uma tarefa a cumprir. Ao perceber a pena no meu olhar, bateu-me de leve no ombro:

– Eu vou conseguir. Sei que vou. Se ela conseguiu, também conseguirei. De qualquer forma, só saber que existe alguém no mundo destinado para mim me enche de confiança. Se existe uma pessoa no mundo que pode me fazer feliz, é meu dever não desistir até encontrá-la. Meu amigo, fico feliz de termos conversado hoje.

Com passos lentos, Armando se afastou, deixando-me abandonado sobre o banco. Os cortes nos meus joelhos voltaram a incomodar. Era melhor ir para casa e providenciar ataduras, talvez um analgésico. Enquanto me arrastava de volta, pensei na tristeza do homem a procurar a escorregadia felicidade no meio de um parque que devia ser decifrado. Ainda pude ver a sua silhueta mergulhando nas sombras que cercam o lago, o indefectível caderno nas mãos prestes a fazer anotações.

O sol vencera, enfim, as nuvens. As árvores roçavam o céu, cortando o vento úmido com delicadeza. Sim, seria um bonito dia. Eu podia sentir o sorriso do parque a me rodear, mas não saberia dizer se era afetuoso ou cruel.

# Um sonho de relógios

Começou devagar, e é isso que assusta: a ideia de que tenha começo definido no tempo e no espaço, de que não seja algo súbito, mas parte de um processo. Até um dia, somos inocentes. No seguinte, começamos a ver as coisas como elas são. Abrir os olhos é desvelar a caixa de Pandora.

Sentado na poltrona da sala, espero o despertador tocar. Os minutos escoam com lentidão enervante nos dígitos vermelhos do rádio-relógio. Ainda é noite e, pelas frestas da janela do apartamento, é possível enxergar a lua cortada em fatias. Estou sem roupa. Os dedos tamborilam teclados invisíveis no meu colo. Estou calmo. Juro por Deus que estou calmo.

Calmo como estava quando o inferno bateu na porta de casa. Sou representante comercial e sempre coloco o despertador ajustado para as primeiras horas da manhã. Três semanas atrás, contudo, despertei alguns segundos antes das seis horas e dois minutos, horário do meu ajuste. Com a letargia de quem acorda, permaneci deitado, olhos fixos no visor de cristal líquido.

O relógio marcou seis horas e dois minutos. O despertador tocou. Eu imediatamente estendi a mão e desliguei o sinal. Foi ao sair da cama que percebi os minutos darem um súbito salto para seis horas e cinco minutos. Sem nenhuma explicação, cento e oitenta segundos foram engolidos pelo rádio-relógio.

Às vezes, a inocência dos cegos é constrangedora. Minha primeira reação depois da surpresa foi considerar um defeito no aparelho. Afinal, equipamentos eletrônicos sempre dão problema. Não fiquei preocupado nem mesmo quando perdi o ônibus que pegava para ir ao escritório. Ele passou antes do horário.

Não pensei mais no assunto. O máximo que fazia, antes de deitar, era olhar o rádio e planejar mandá-lo para o conserto, uma anotação mental sempre esquecida.

Passada a semana, a cena se repetiu de maneira quase idêntica. A diferença é que, logo depois de o despertador ser desligado, dessa vez os ponteiros saltaram cinco minutos.

Reagi como qualquer pessoa normal nessa circunstância. Levei o rádio-relógio para a assistência técnica. Sou um homem que vive em função de horários, e a simples perspectiva de ter um relógio adiantado era terrível. No final do dia, peguei o rádio de volta. O técnico em eletrônica afirmou não ter achado o problema, mas trocara algumas peças que resolveriam a complicação.

Na manhã seguinte, acordei um pouco antes de o despertador chegar ao horário. Ele tocou. Esperei por longos segundos. Já considerava certa a vitória quando, em vez de marcar seis horas e três minutos, o relógio marcou seis horas e dez minutos.

Alguém só podia estar brincando comigo. Sentei na cama para ajustar o mostrador. Ao olhar o meu relógio de pulso, o espanto: ele também saltara sete minutos no tempo. Como era um relógio de ponteiros, a única explicação é que o ponteiro maior se deslocara de um ponto para outro do mostrador. Não podia ser um erro mecânico. Dessa vez fiquei preocupado ao perder o ônibus, novamente adiantado em relação ao seu horário normal.

Desde que nasci, imaginei que o Tempo estava condensado nos relógios, sendo possível medi-lo. Com o passar dos dias, reconsiderei pontos de vista que ninguém mais discute. Passei a ver o Tempo como um tirano livre, capaz de parar para algumas pessoas e acelerar a passagem dos minutos para outras.

A curiosidade me fez estudar o surgimento dos relógios, desde os primeiros de sol, passando pelas ampulhetas, até os atuais. Foi assim que descobri: depois de anos de cálculo, o construtor do relógio de sol em Machu Picchu concluiu que, se permanecesse encostado junto à janela da terceira casa da ala leste, conseguiria enganar o Tempo, que passava por ali sem notar. Essa parede possui uma reentrância onde caberia uma pessoa, em torno da qual areia e água da chuva, assim como o frio das montanhas, se concentrou. Na época das primeiras ampulhetas, uma seita na França pregou a destruição dos relógios. O principal argumento era que um homem poderia se locomover no Tempo mediante a necessária concentração no escoar das areias da ampulheta. Por fim, uma história popular na Suíça afirmou que um grande fabricante de relógios, de tanto construí-los, acabou sendo tragado por um deles, vivendo agora de relógio para relógio, em diferentes tempos. Outra versão para o fim de tal história relata que o homem foi aprisionado dentro de um relógio e condenado a passar o resto da vida fabricando-os, com o objetivo de espalhá-los pelo mundo.

Curioso notar que as discussões sobre a importância dos relógios cessaram. Esses pequenos objetos se disseminaram e escravizaram o homem. Agora são símbolos da veneração ao Deus Tempo, quando não extensão da moda, prova viva da inabilidade humana em ver grilhões. A última manifestação que li, apesar de irônica, foi em um breve conto de Cortázar. A distância que separa a ficção pura e simples da verdade criptografada em uma ficção ainda não foi explorada.

Nos dias posteriores, o rádio-relógio do meu quarto realizou saltos cada vez maiores. Quando descobri a verdade, o Tempo passou a me hostilizar. Queima de arquivo, eu acho. Não tenho forças para reagir. O relógio e seu Deus implacável estão me matando. O pior é que tudo continua passando normalmente para as outras pessoas, só está acelerando comigo. Ou seja: enquanto os outros vivem um dia de vinte e quatro horas, as minhas vinte e quatro horas representam vários dias. E ninguém nota a passagem cruel do Tempo, só eu, seu último inimigo.

E assim as horas viram dias, viram meses, viram anos. O cabelo cai, a barriga sobe e desce, a vida voa. Eu trabalho e o Tempo me escraviza, corro e não vejo as horas passando, velozes, nos relógios que me cercam.

Tudo o que eu era e podia ser, o Tempo matou. E hoje, sentado na poltrona da sala em uma vida tão rápida que não vi passar, só me resta esperar. Estou aguardando o toque do despertador. O momento em que as seis horas e dois minutos vão realizar o último salto em direção ao vertiginoso.

# Efemeridade

O mundo é formado por um sem-fim de eventos apavorantes. Ela nasce em um vaso e, assim que é lançada no desconhecido, presencia uma cena chocante que se grava na sua essência. Toda vez que seus olhos fechavam, surgia a imagem atroz do corpo besuntado livrando-se da quente prisão, o espanto de quem enxerga o mundo pela primeira vez, membros desconexos encontrando a funcionalidade. Pairando sobre seu irmão, ela gasta horas refletindo sobre o desespero de se saber eterno, a angústia de não saber como tudo vai terminar. Por mais que tente, não consegue esquecer cena tão horrível: o amadurecimento rápido e constante faz com que seus conhecimentos se ampliem e, em horas, ela sabe tudo o que precisa saber e muito mais. A verdade a aterroriza, ainda mais ao descobrir que aquilo ocorria todos os dias em diferentes lugares do mundo sem ninguém dar atenção. Contempla o seu antípoda, sente pena dos grunhidos e da lentidão. Gostaria de trocar impressões com ele, mas como conversar com criatura tão pouco desenvolvida?

Na esquina da rua, existia um playground modesto, com grama alta, onde as crianças corriam de um lado para o outro, brincando de pega-pega e esconde-esconde, enquanto as babás trocavam maledicências nos bancos ao sol. Ela vai para lá e junta-se às suas semelhantes, acompanhando as cenas. Elas eram tão pequenas e tão fortes! Não era justo que Deus intercedesse, realizando aquela pantomima gosmenta, tirando-as do limbo para a eternidade, uma vida de feiura e um segundo de beleza, uma existência de arrastos para um momento de voo, não era justo.

É noite. Sobre si, paira o peso do conhecimento absoluto, a sabedoria de um Deus, a descoberta do sentido. Seu último pensamento é direcionado para o antípoda, que foi irmão por breves segundos, e cai em queda espiralada na direção das formigas.

# Cinco (ou infinitos) fragmentos em busca de

Do quê? Hum, falou comigo? Os fragmentos estão buscando algo, ainda mais se tu acrescentaste o "de"; aliás, isso é jeito de encerrar uma frase? Calma, calma, tem um motivo. É claro que não tem, senão tu terias concluído a oração, não a deixando cair no limbo das frases incompletas – sabes o quão angustiante é ler uma frase que nunca termina? É mais terrível do que um palíndromo, mais repugnante do que uma cacofonia. Frases existem para serem encerradas! Calma, respira fundo, pensa mais aberto. Além de tudo, estás me chamando de burro agora? Não, pensar aberto não é o mesmo que chamar alguém de burro, é pedir para que a análise seja mais ampla do que o significado original. Pois bem, pensei aberto e continua parecendo o que é: um erro de tipografia, um equívoco grosseiro, uma respiração na frente do precipício, o último passo antes da loucura e de todas as possibilidades que moram no seu interior; é isso, então, tu estás querendo me enlouquecer? Não estou, tal possibilidade jamais passou pela minha cabeça. Pense no tema do livro – você leu os contos até aqui, não é? Li e, se me permite o comentário, não gostei muito. Sim, eu permito o comentário e, não, não gosto dele. Você descobriu o tema do livro, obviamente. O livro tem uma temática? Achei que livros de contos não tivessem temáticas! Está na hora de reciclar seus entendimentos teóricos, claro que existe uma espinha dorsal no livro. Ilumine-me com a sua sabedoria, então, pois não descobri até agora. Tem um conto intitulado com a temática! Um não, dois. Parabéns, mas, não, não consegui ver. Tudo bem: o livro trata sobre o sentido – completa agora o raciocínio. Qual raciocínio? A tua pergunta, ora: cinco (ou infinitos) fragmentos em busca de...? Sentido? Exato, agora estamos pensando aberto. Sentido do quê? O seu problema é que você faz muitas perguntas. Ora, ora, criticar o oponente é a maneira mais fácil de vencer uma discussão; desculpe, mas tu não conseguiste me convencer. Lê o livro e você irá entender. E eis a segunda maneira mais cômoda de ultrapassar um debate: alegar a presença irrefutável de algo e mencionar que a resposta está ali em algum lugar, e não no argumento! Quem disse que eu preciso te convencer de algo? Tanto criticas as minhas perguntas e acabas de responder a minha declaração com uma pergunta, algo que, convenhamos, é uma maneira esperta de resolver conflitos, Sócrates já fazia isto. Não envolva o Sócrates nesta conversa, ele não merece. Sim, nós não merecemos a presença de Sócrates. Mas, afinal, sentido do quê? Precisa ser sentido de algo? Se continuares com a mania de responder perguntas com outras perguntas, a conversa nunca avançará. Droga, você tem razão. Aliás, aproveitando que desceste do teu pedestal de autor para conversar com as galerias, saliento não entender o motivo pelo qual invocaste Pirandello do círculo do Inferno em que Dante o colocou para dar sustentáculo ao título deste conto. Opa, que história é essa? Pirandello não está em nenhum círculo do Inferno! Tens certeza? Absoluta, Pirandello veio depois de Dante, como ele iria colocá-lo no Inferno se o homem sequer existia na época? É uma colocação estranhamente inteligente, considerando-se o veículo do qual ela sai, mas tens que admitir: o título é muito parecido com o de "Seis personagens à procura de um autor". Olha só, meus parabéns pelo pensamento aberto, eu não tinha pensado nisto. Não é necessário ser irônico. Não estou sendo, mas tudo bem, não vou polemizar. Observe: se colocarmos um título sobre o outro e fizermos uma análise comparativa, "cinco (ou infinitos)" estaria contraposto a "seis", "fragmentos" faria oposição a "personagens" e "à procura de" seria quase o mesmo que "em busca de"; faltaria um autor, mas, se acreditarmos que o complemento lógico seria "um sentido", faz – com o perdão da obviedade – sentido. Interessante essa abordagem. Sim, eu inclusive gostei muito da ideia de "fragmentos" como "personagens", afinal, eles não são fragmentos da psique distorcida do autor? Como eu disse, a sua abordagem foi uma coincidência, pois não era minha intenção, mas obrigado pelo elogio. Cara, quero deixar claro que também gostei dessa abordagem. Ué, e quem é o senhor? Outro. Outro o quê? Cara, tu gosta de fazer perguntas mesmo. Deixa ele em paz, estava quieto até agora, não ajudou e nem atrapalhou. Perturbador isso. E o que não é perturbador na vida, cara? Ai, outro filósofo. Cavalheiros, deixem-me retomar a meada do raciocínio: ainda pensando em Pirandello, se o autor for o sentido, quer dizer que estamos dentro da história fazendo o quê? Cara, para de encher o saco do Pirandello. Eu "encho o saco" de quem eu quiser. Calma, calma, pessoal, tem espaço para todos. Ninguém respondeu ainda: o autor seria uma espécie de divindade? Hum, levando a ideia às últimas consequências, sim. E os fragmentos, ou personagens, esperam o sentido? Sim, parece lógico. E existe algum sentido em buscar o sentido? Cara, que péssimo hábito esse de fazer perguntas retóricas. Eu já disse isso antes. Pirandello era ateu e... Não era. Não sei se era. Era sim, mas não vem ao caso: se Pirandello era ateu, ele jamais consideraria o autor como Deus. Então, seguindo esta sua ordem de raciocínio, não existe lógica alguma em comparar Deus ao sentido. Agora estamos nos entendendo! Cara, eu me perdi por completo. Deixa que eu explico. Opa, de onde você saiu? Daqui, ué, onde sempre estive. Cara, alguém pode ficar longe de onde está? Tuas filosofias de botequim começam a me enervar. Se Vossa Majestade gastasse toda esta raiva que usa para me xingar explicando as baboseiras que falou de Deus, sentido e Pirandello, eu nem estaria falando agora. Vossa Majestade não é o pronome adequado nesta situação, mas eu aceito em benefício da tua ignorância. Querem se calar e se comportar? Posso explicar, afinal de contas? Explique, por favor, senhor autor. Se Deus é o sentido, todo sentido é Deus; mas, se Pirandello não acreditava em Deus, por consequência o autor é somente um autor e o sentido é um nada, ou seja, não existe sentido algum... Entenderam? Não. Nada. Cara, na boa, até piorou. O importante é saber que não existe sentido. Mas, se os fragmentos estão em busca de alguma coisa, e não é o sentido, o que eles buscam? Eis a questão que o autor deve resolver. Caras, estou com um cutuco que o autor não sabe o que deseja dizer. Talvez, e estou dizendo talvez no sentido de talvez mesmo, o que os fragmentos estão buscando não importa, talvez o ato de buscar algo seja inerente a todo ser humano e, se buscamos algo, quer dizer que nunca encontraremos e, se não encontrarmos, quer dizer que vamos buscar para sempre, ou seja, a vida só se justifica se for uma busca que nunca encontraremos. Então, nesse caso, estamos vivendo no Inferno, pois nunca vamos encontrar e ficaremos para sempre insatisfeitos em uma busca infrutífera – como era o nome daquela peça do Brecht, aquela em que um pessoal está preso no Inferno e alguém diz "o inferno são os outros"? Não era do Brecht, era do Sartre. Tenho certeza de que é uma peça do Brecht. E eu sei que é do Sartre. Caras, vocês são um saco, preferia estar no Inferno junto com o Pirandello a ouvir essas besteiras. O Pirandello não está no Inferno! Desculpe a intromissão, mas está, sim, pode não ser o Inferno do Dante, mas todos os ateus vão para o Inferno. O Pirandello sim que era sabido, colocou seis caras procurando outro carinha, nunca ia deixar a gente mal, buscando uma coisa que não sabemos o que é e nem se ela já chegou. Eu vi teu sorrisinho, estás também pensando no Godot do Beckett? Não, cavalheiro, estava refletindo que, se todos somos personagens à procura de um autor que nos dê algum destino, se a vida é uma busca por esse "carinha", que droga de sentido a vida tem então, não é mesmo? Caras, quem é o autor de quem vocês tanto falam, o tal que a gente ou os fragmentos deveriam estar buscando? Pergunte para o Pirandello. Tarde demais, ele está no Inferno. Hahahaha, muito boa. Mas que merda, toda hora vocês voltam a falar no Pirandello, já notaram? Tudo sempre volta ao Pirandello. Não é hora de filosofar. Não é. Não. Isso me lembra o Bakhtin. Meu Deus, o que foi que fizemos de tão errado nesta conversa que você acabou lembrando logo do Bakhtin? Lembrei mesmo foi da teoria do romance polifônico de Dostoiévski. Esse era o cara, Dostoiévski. Chamar o Dostoiévski de "o cara" é muito vulgar. Fica com o teu Pirandello aí no cantinho e não me enche o saco. Não existe a mínima condição de termos um diálogo civilizado nessas circunstâncias. Não fui eu quem pedi para ficar aqui com vocês. Conosco. Não aporrinha, cara. Não foi o Bakhtin quem escreveu o "Fragmentos de um discurso amoroso"? Não, foi o Barthes. Tenho certeza de que foi o Bakhtin. Então tua certeza está errada, por que foi o Barthes. Caras, vocês notaram que os dois nomes começam com "Ba"? Meu Deus, o nível da conversa está cada vez mais baixo. Olá, queremos passar o tempo, podemos participar deste debate? Esperem um pouco, quem são vocês? Ora, somos mais alguns. Nosso caro autor, a pergunta certa talvez seja: quantos nós somos? Não, meus queridos, estão todos errados, a pergunta certa, a única pergunta que vale a pena, é: quantos vocês querem que nós sejamos para achar o sentido? Caras, agora entendi por que o Pirandello disse que eram "seis personagens", mais que isso vira bagunça. Deixa o Pirandello em paz. Deixem o Pirandello em paz.

# Mas não falam

A primeira reclamação foi sobre o local escolhido. Logo um teatro? Não existia um salão de conferências, uma sala de aula, um pequeno plenário? Guilherme estava acostumado com as reclamações dos autores, fazia parte da incomodação constante que era lidar com pessoas criativas. Com o passar dos tempos, acostumara-se a colocar tudo na conta das extravagâncias naturais de seres que se achavam diferentes e, no fundo, eram muito enfadonhos. Enquanto escrevia uma mensagem no celular, explicou para Solimões que não existiam outros locais disponíveis na cidade para uma palestra, somente aquele teatro, que era pequeno e aconchegante, duzentas cadeiras estofadas, iluminação discreta, boa quantidade de saídas de emergência. Não estava mais prestando atenção quando o autor reclamou que achava um teatro teatral demais, a vida era um palco, mas, bolas, não precisava ser um palco real, ele seria colocado debaixo dos holofotes e anunciaria ao público que estava interpretando a si mesmo, e outros choramingos que Guilherme ignorou. Sua tarefa era achar um local com as seguintes especificações: pequeno; com amplas saídas de emergência; com boa acústica, para que microfones não fossem necessários; com iluminação discreta, para que não se concentrassem nos defeitos da figura e imaginassem a palestra como uma voz saindo do nada e, mais importante ainda, um local que não servisse bebidas alcoólicas. Tinha achado este lugar naquela cidade pequena, e era um teatro. Paciência.

Os autores competiam entre si para ver quem era o mais chato e maníatico, mas Solimões era exceção. Guilherme precisava reconhecer: a sua tarefa seria muito mais simples se todos os artistas fossem como Solimões. Ele nunca causara nenhuma urgência. Nunca fora preso por andar sem roupa na praça, embriagado. Nunca desonrara mocinhas de família, de cidades do interior, cujos pais ainda resolviam as situações com a mão no revólver. Nunca dissera uma palavra ofensiva ou grosseira para crianças. Nunca escrevera artigos em jornais criticando o pagamento pífio dos direitos autorais. Nunca tinha feito escândalo destruindo quartos de hotel ou envergonhado a editora em público ao insultar os revisores. Solimões era um homem tranquilo. Ocupava a sua vida escrevendo e trabalhando com madeira, fazendo caudalosos móveis de nenhuma utilidade prática, pois tentava ressignificar o seu mundo: o sofajibóia, um sofá que serpenteava pelo interior da sala, a mesastrada, uma mesa cheia de desníveis e de equilíbrios precários, a cadeiradora, uma cadeira que ficava dependurada no teto e em que os pés da pessoa não tocavam o chão, deixando-a sempre instável e oscilante. Morava em um sítio isolado, não tinha filhos ou familiares. Somente a sua empregada lhe visitava e, quando ela precisava de algum produto de limpeza, falava com Guilherme. O editor não tinha a mínima ideia de como Solimões se alimentava, se tinha interesses amorosos, se possuía sonhos ou aspirações. Era o cliente perfeito: uma pessoa que não incomodava.

Contudo, Solimões odiava falar em público e participar de eventos. "Escritores escrevem, não falam", era a sua resposta invariável quando recebia convites. Guilherme entendia essa frase: já ouvira escritores falando e sabia que, para muitos deles, o silêncio era mesmo uma dádiva. Mesmo assim, tinha noção de que as pessoas necessitam ver o autor, tocá-lo, ouvi-lo, saber que ele realmente existe e não é uma voz soprando histórias do além. Não conseguia explicar, mas era uma coisa que vinha dos primórdios da Humanidade, quando contadores reuniam-se ao redor do fogo e compartilhavam ficções. Quando Solimões recusava-se a participar de bate-papos, de debates, de entrevistas, ele rompia uma tradição, e isso refletia nas vendas do seu livro, sempre muito menores do que se imaginava. Se fosse mais sociável, as vendagens aumentariam, e ele deixaria de ser um autor restrito a alguns círculos de admiradores.

Por muitos anos, Guilherme insistiu e, quando nem lembrava mais, Solimões lhe telefonou – o que era por si só um acontecimento – e comunicou a disposição de iniciar um ciclo de palestras. Quando o agente se alvoroçou, imaginando nomes de entrevistadores, críticos, jornalistas e professores que realizariam esta tarefa, foi surpreendido pela lista de cidades em que Solimões desejava falar. Eram todas periféricas, nenhum centro de cultura. Algumas Guilherme precisou procurar no mapa, pois sequer sabia que existiam. Mais da metade não tinha livrarias ou bibliotecas fortes. Tentou dar algumas sugestões, mas Solimões disse que não era uma lista que aceitava acréscimos. Quando desligou o telefone, Guilherme estava com a missão de realizar um ciclo de palestras com um escritor recluso em locais pequenos e fora do interesse geral. Por algum tempo, tentou pensar nos motivos que levariam um autor a se sabotar dessa forma. Apesar de conhecer Solimões, impressionou-se ao perceber o quão pouco sabia da sua vida ou de seu passado. Como sempre, chegou a uma resposta cômoda, com a qual conseguia lidar: Solimões queria testar a audiência, portanto escolhera locais pequenos para usar como ensaios para a sua grande aparição na mídia.

Enfim, chegara o dia da primeira palestra. Seriam cinco, mas Guilherme acompanharia a primeira e a última, as outras eram tarefa para Joana, sua secretária. Como em todo evento, saíra tudo errado: os salgadinhos precisaram ser encomendados em outro local; uma chuva torrencial despencou no dia, deixando as estradas quase intransitáveis; o jornal da região tinha prometido uma ampla matéria e colocara uma notícia prensada entre os anúncios fúnebres e os resultados da loteria. No meio de tantas catástrofes, Guilherme se consolava pensando que não era o responsável, que não tinha controle sobre o tempo, que não escolhera a cidade para a palestra inaugural.

Solimões chegou meia hora antes do horário. Guilherme não tinha a menor ideia de como isso acontecera de forma tão discreta. Solimões não possuía carro. Só havia um ônibus com destino para a cidade naquele dia, e Joana estava de prontidão na rodoviária esperando o autor, que, pelo visto, a enganara. Ele exibia um blazer e a sua gravata estava torta; era, com certeza, uma pessoa acostumada a vestir outras roupas. Os dedos estavam inquietos, esculpindo figuras imaginárias que fundiam conceitos opostos. Guilherme viu o suor insinuando-se na linha do cabelo grisalho do escritor e perguntou se estava tudo bem, se queria uma água, um local para descansar. Solimões fez um aceno negativo e, no palco nu, caminhou até a mesa colocada no centro. A luz que incidia sobre ele revelava cada detalhe das rugas, cada movimento dos lábios, cada mínimo desconforto. Talvez o teatro realmente não fosse uma boa ideia, o agente reconheceu, contrariado.

O silêncio era desconfortável. Ainda tinham alguns minutos antes de a palestra começar. Guilherme dirigiu-se até o extremo da cortina que separava as duas partes do palco e, mexendo um pouco o pano, olhou escondido para a plateia. Poucas pessoas estavam espalhadas no teatro, e não conversavam entre si, guardando total silêncio. A luz desfalecida que caía do teto não permitia ver muitos detalhes do público. O mais próximo do palco era um homem de idade indefinida e músculos fortes de trabalhador braçal, que escapavam da camisa. Estava olhando os próprios pés, e Guilherme podia jurar que uma cicatriz se movia no seu rosto, dependendo da quantidade de luz refletida nele.

"Eu o conheço." – a voz próxima de Solimões assustou o agente. Ele também estava olhando pela fresta da cortina. – "Não lembro mais o seu nome, mas sei que ele foi importante em algum momento da minha história."

"Aquilo no rosto dele..."

"Fui eu que fiz."

A tranquilidade com que Solimões admitiu ter machucado outro homem era esperada. Guilherme não podia explicar o motivo, mas sabia que o escritor, em outra vida, cortara o rosto daquele desconhecido. Aliás, não lembrava sequer como conhecera Solimões; um dia ele simplesmente aparecera na sua vida. Era incômodo saber tão pouco sobre alguém para quem trabalhava.

O agente virou o olhar para algumas fileiras acima. Uma mulher abanava-se com um leque, que escondia e revelava os olhos de longos cílios. A maquiagem era exagerada, dando-lhe um ar de palhaço. Tudo nela tentava manter a beleza aprisionada no corpo, mas a perfeição estética de outrora se esvaía a cada segundo, capturada pelo Tempo, que lhe erodia com a raiva típica de quem não gosta de ser questionado. Guilherme encarou interrogativamente Solimões, que disse, a brancura dos dentes cortando o rosto de poucos traços:

"A dama do Bordel Silencioso. Lembra-se dela? Muitas serenatas eu lhe dediquei, embaixo da figueira, enquanto as sombras ondulavam nas janelas do Bordel. Não tinha dinheiro para entrar e as múltiplas portas da casa sem som faziam os homens desaparecerem. Por um período da minha vida, eu amei essa mulher. Mas amei tantas, e tantas, e depois tantas mais. Que bom que ela decidiu vir. Os amores juvenis são os melhores, ainda têm o viço do trigo recém-cortado."

Guilherme não se lembrava dela, mas a descrição fez uma sombra nascer no fundo do seu espírito, no local em que os segredos moram. A mulher não era uma desconhecida. Conseguia lembrar-se de algo que não vivera: a fumaça dos cigarros escapando por baixo das portas, o som tênue de gelos deslizando em copos, os gemidos estrangulados atravessando a noite. A dama do Bordel Silencioso também fizera parte da sua história.

Um casal entrou de mãos dadas no teatro. O rapaz era sério, de ombros compridos e queixo forte; era uma versão mais jovem de Solimões. Ao lado dele, a moça tinha cabelos negros e a pele branca de alguém que não costuma enfrentar o sol, e tudo nela tremeluzia; era a delicadeza na forma de passos. O agente podia jurar que viu lágrimas no seu cliente, mas Solimões se afastou e foi até a mesa. Olhou para a luz que caía em cascata do teto, banhando-se de claridade. Quando voltou a cabeça, o escritor sentenciou:

"Cinco livros, cinco palestras. Preciso dar algumas explicações. Eu devo isso a eles. Vou explicar-lhes qual é o sentido, o motivo de tudo. Pretendo responder as dúvidas, dar-lhes a paz de espírito que roubei a cada palavra escrita. Pedirei desculpas."

Pegou o copo que estava sobre a mesa e tomou um gole de água. Guilherme espiou a plateia: não mais do que dez pessoas. Com um suspiro, Solimões arrastou a cadeira e sentou-se. Os dedos acariciavam o tampão da mesa, adivinhando os nervosismos da madeira.

"Você virá assistir à quinta palestra, não é? Será aquela em que devo te explicar, meu amigo. Vai ser imperdível."

Por instinto, Guilherme virou-se para o celular: sem sinal. Lançou um último olhar para o público e viu, no fundo do teatro, na fileira mais próxima da saída, um homem cansado, lascas de madeira misturando-se ao cabelo grisalho, o rosto branco de quem se segura à vida por um simples detalhe, as mãos trêmulas de quem sabe não ter muito tempo. Atrás de si, a voz do autor preencheu o palco e o mundo:

"Meu nome nunca foi Solimões. Esse é o meu pseudônimo. Eu sou outro."

A cortina começou a abrir-se, revelando a mesa e o homem. Entre o público, silêncio absoluto entremeava-se com curiosidade. Ninguém pretendia perder uma palavra. Escritores escrevem, não falam. Havia um motivo para pensar assim, e foi ingenuidade de Guilherme nunca se perguntar. Reservaria as perguntas para a quinta e última palestra. Aquela em que, enfim, ele saberia as respostas.

# O fogo no homem

Estranhezas acontecem todos os dias, Raquel tenta se consolar olhando o rosto imóvel de César, enquanto o crepitar exala do seu marido como um perfume ruim. No meio da madrugada, ela acordou sentindo-se quente; ao seu lado, o homem ardia em silêncio, temperatura impossível excedendo os limites da febre. Tentou acordá-lo, mas em vão; seu marido flutuava em outro mundo, meio sorriso nos lábios, sobrancelhas arqueadas. Raquel ouviu a boca seca dizer, com clareza assustadora, quando Ismália enlouqueceu, pôs-se na torre a queimar, viu uma lua no céu, viu o fogo no ar. Agora, deitada na cama, Raquel pensa no que fazer, quem seria Ismália, uma amante, outra mulher? De que fogo César estava falando? Será que ele era um louco, um incendiário?

Acorda no outro dia e escuta o marido dando gargalhadas. Ele está no porão, brandindo o pincel como um punhal, destroçando a tela em branco com pinceladas absurdas, em que vermelho, laranja e amarelo se contorcem. Raquel olha o rosto transtornado e não reconhece mais César, ele está distante do próprio corpo, que foi tomado por uma força. Parece as imagens dos apóstolos após a vinda do Espírito Santo. César a olha na porta do porão, um breve segundo de dúvida e, então, abre o sorriso radiante. Antes de ele dizer, Raquel sabe que a inspiração voltou. Sente-se inquieta, e compartilha da alegria do marido com um resquício de dor.

Raquel passa boa parte da noite velando o sono de César. É madrugada, e está quase dormindo, quando escuta a voz profunda brotar do peito do seu marido e dizer que o fogo é do céu por que ele sobe, ao passo que a água é da terra por que desce. Dito isso, ele vira de lado e continua ressonando em paz; Raquel mal pode tocar a pele do seu homem, ela ferve como se um sol corresse por baixo dos pelos eriçados.

Foi perto do almoço do dia seguinte que a mulher descobre que precisa sair de casa. A descoberta não é terrível e nem chocante; ela sempre soube que, um dia, aquilo acabaria. Seu marido não a ama, ela é somente uma maneira suarenta de passar o tempo de ócio. Não o odeia, não verte lágrimas: sabia o risco de amar as labaredas de um homem. Mesmo com essa certeza, decide permanecer por um pouco mais de tempo, talvez o fogo diminua ou desapareça, talvez seja o soluço de brasas adormecidas.

No porão, César pinta com felicidade, as imagens com temas sombrios abrindo espaço para rasgos de cor áurea. Raquel gostava de vê-lo trabalhar, mas desta vez não consegue ficar por muito tempo. Seu marido resplandece; se o olhar se fixa em um ponto, atravessa-o com seu calor, consumindo-o sem perdão. O único momento em que César fala algo é um pensamento distraído que lhe ocorre enquanto contempla outro quadro:

– Queimar pelo lado de fora não é queimar; só os que queimam por dentro sabem o verdadeiro significado do fogo.

Às vezes César a olha e parece não reconhecê-la, ou talvez a esteja vendo pela primeira vez. Raquel se irrita ao perceber que sua imagem não brilha mais nos olhos masculinos, ela se perde em algum lugar entre a sombra dos cílios e a chama. Quando a irritação cresce demais, Raquel corre para o quarto e chora, mas o alívio é passageiro.

No outro domingo, depois de Raquel muito insistir, vão à missa. Talvez a religião entre na cabeça do seu marido e substitua aquela chama que, de tão forte, chega a ser indecente, bailando risonha nas pupilas de César. O padre Alfredo, no meio da homilia, lembra as palavras de São Martinho, falando que a essência primordial do ser humano é o fogo, o corpo é somente um invólucro grosseiro separando o homem da sua alma. As chamas de César, que estavam recolhidas, retornam com força; a mão dele queima, e o homem nem nota quando Raquel solta os seus dedos, não percebe quando ela sai para chorar no estacionamento da igreja.

É hora do confronto. Quando chegam em casa, Raquel rompe em lágrimas, afirma que César não a ama mais, que não gosta dela como um dia gostou. O marido a abraça e diz palavras de carinho, mas ela sabe que seu pensamento não está ali, mas vagando nas tintas e pincéis e telas. Raquel finge que se acalma, César finge que a consola e os dois acabam transando na cozinha, um amor apressado; o sêmen que sai de César queima a mulher como uma flecha envenenada.

Naquela noite, ela fica na cozinha até tarde e escuta César ir para a cama. Assusta-se ao perceber que preferia uma amante, alguém que pudesse culpar pelo final do seu casamento. Dirige-se em silêncio até o porão e vê as maravilhosas telas que seu marido pintou, os crepúsculos, o nascer do sol, as facas de luz que moram nas ondas silenciosas dos lagos. E, mais do que tudo, no entrelaçar das tintas, vê escrito o desafio – queimo, logo existo – e então entende. Com a faca que trouxe da cozinha, rasga todas as telas, sorriso engessado nos lábios, ouvindo o suspiro final das obras se perder no ar pesado do porão. Em seguida, espalha gasolina pelo lugar e, antes de fechar a porta, joga o fósforo aceso.

Contente, aliviada, Raquel vai para a cama. Deita ao lado do seu homem e ouve a voz do sono:

– A vida é uma lâmpada acesa; vidro e fogo. Vidro, que com um sopro se faz; fogo, que com um sopro se apaga.

Beija a testa do marido e se aninha nos braços fortes, como costumavam dormir antes que ele enlouquecesse. O crepitar cerca a casa, vindo do porão, vindo de César. Raquel vê o filete de fumaça escorrendo pelo olho da fechadura, desenhando as chamas que lhe antecedem na luz do abajur. Fecha os olhos e, pela primeira vez em muitas noites, dorme.

# Thermidor

Há seis meses, repito a mesma rotina: acordo às cinco horas da manhã de sexta-feira. Tomo um banho rápido, visto a roupa e vou para a rodoviária. Pego um ônibus deserto às seis horas. A jornada inicia, e boa parte dela é realizada na penumbra que separa o dia da noite. É uma viagem de negócios, aborrecida e longa, um mal necessário.

No início, eu permanecia sentado, sem fazer nada. Não consigo dormir dentro do ônibus. Também não posso ler, enjoo fácil. O veículo parecia imóvel enquanto se deslocava pela estrada repleta de retas, deixando o trajeto previsível: aqui um poste torto, adiante uma placa de sinalização riscada.

Foi por não ter nada para fazer durante as três horas de viagem que criei um exercício: o esquecimento. Procuro me desligar do corpo, fazer com que eu não seja eu, limpar a mente desse fardo de ser. É divertido imaginar-se anônimo, sem cargas, sem experiências, sem temores ou paixões, uma tábua em branco prestes a ser preenchida pelo mundo. No escuro da estrada, com os riscos de luz que atravessam o ônibus, torna-se uma experiência agradável, a sensação de não estar, não ser; libertar-se da escravidão da mente, do tempo, do espaço, desta realidade que insiste em me sufocar com suas leis sombrias.

Claro que tal exercício de desprendimento envolve risco. Como um avião que faz o *looping* muito perto do solo ou um trapezista, posso me esborrachar. Desligando-me do corpo e apagando a memória, posso esquecer também que isso é um exercício, uma brincadeira, caso em que a minha viagem interna se tornaria a última. Outra pessoa desceria do ônibus, não eu. Quem seria? Não sei, e é isso que me perturba, a ideia de andar por aí, um invólucro vazio no meio da multidão.

Toda sexta, o ônibus atravessa a noite, enquanto eu faço outra viagem. Não é necessário drogas ou bebida; basta fechar os olhos, afastar-se do corpo com passos seguros e desligar os plugues, um a um, até me desprender. Logo aprendi a distinguir as armadilhas sutis da realidade, a permanecer em outro lugar, a manter a concentração mesmo em condições inadequadas.

Levei três meses para adquirir pleno domínio dessa capacidade. A partir de então, comecei a ousar. Após concentrar-me no exercício, passei a investigar onde estava. Virava-me para os lados e percebia outros fragmentos de pessoas caminhando pelo ônibus. Ninguém lembrava o nome, a família ou esses detalhes que concedem identidade. Em alguns casos, parecíamos sombras à procura do seu senhor, naquele desespero de não se saber mais concreto.

A paisagem era outro ponto interessante. A realidade mantinha-se, mas distorcida. Em campos infestados de névoa, vi pessoas caminhando em um horário que seria impossível. Pareciam perdidas: será que procuravam os nomes? No meio da chuva, fantasmas de cavalos espreitavam o ônibus que atravessava dois mundos. Até o horizonte, cruzes e árvores solitárias se espalhavam. Na hora em que o sol desperta, a noite prolongava-se em um lugar onde ninguém sabia quem era, onde todos podiam ser qualquer um, onde eu mal lembrava o nome e o caminho de volta. Era um local de angústia, de decisões não tomadas e de pessoas incapazes de decidir. Contudo, com o sol, a realidade cravava os seus dentes e me forçava a retornar.

Ainda investigo esse novo mundo e tento descobrir a razão de sua existência. Há pouco tempo, percebi que a indefinição da paisagem se reflete nos indivíduos. É um mundo de equilíbrio precário, onde pessoas e coisas não se concentram no ser ou não-ser, mas no próprio limite. Pesam possibilidades, mas nunca se decidem. Vivem na indecisão, caminham nas atitudes que nunca serão tomadas.

Algumas semanas atrás, vi o resto de uma mulher caminhando no ônibus. Trocamos olhares enfumaçados, que logo se transformaram em beijos de língua. Apesar do desejo mútuo, não conseguimos transar; no momento definitivo em que decidi penetrá-la e ela permitiu-se ser atravessada, a decisão destruiu o nosso mundo, trazendo-nos de volta. Contudo, antes de a mulher desaparecer, seus olhos iluminaram e ela sussurrou uma palavra: "Thermidor". Foi repetindo esse termo que voltei a mim. Desde então, ela ecoa na minha mente como um mantra há muito esquecido e agora lembrado.

Pesquisei a palavra. Na Roma Antiga, Thermidor, ou Terminus, era o deus dos limites, a divindade diante da qual os demais membros do Panteão deviam prestar obediência, até mesmo Júpiter. Ninguém explica qual o poder ou o motivo de tal deus ser tão temido, e acho que não importa. O maior sintoma de poder é apagar a própria existência.

Por vários dias, procurei Thermidor naquelas paragens. A ideia de encontrar uma divindade perdida a vagar na neblina tornou-se uma obsessão. Imaginava o que diria, o que faríamos, como seria o nosso encontro. Não foi sem preocupação que percebi que a toda hora entrava naquele outro mundo, viciado em suas engrenagens indecisas. Aquilo que comecei com um exercício nas viagens de ônibus, era agora praticado durante o trabalho, em casa, conversando com os parentes, toda vez que me sentia distante. E se tornava cada vez mais fácil soltar-se da verdade e mergulhar no universo de sombras e pedaços perdidos, lugar trêmulo e tão sedutor.

A última vez que entrei foi quando, ao caminhar por entre as nuvens eternas, acabei cercado por um grupo de silhuetas que chamavam meu verdadeiro nome, aquele que reconheci nos lábios da mulher. Nesse instante, soube quem era e abandonei a realidade para me tornar um deus, Thermidor, aquele que caminha nas fronteiras. O artífice da indecisão. O deus que tudo sabe – e nada decide.

Quem anda dentro da minha pele hoje, eu não sei. Não importa mais. Às vezes, olho vocês caminhando por aí, no meio de suas questões tão mundanas, tão miúdas, e sinto vontade de rir, pois ninguém imagina o que é a verdade ou o que é a realidade. Estão fazendo as perguntas erradas: procuram Deus em tudo, e não sabem que ele já caminha entre vocês, no meio da neblina, ansiosos para que venham visitá-lo. É muita presunção, pensarem que estão vivendo no mundo real. Para mim, vocês e todas as coisas vivas não passam de fantasmas, meras sombras de nada. Venham ao seu verdadeiro Deus. Abracem a incerteza a que chamamos de existir.

## A ingrata tarefa das esfinges

Todos os dias, um livro morre em Chinguetti, a Cidade das Bibliotecas. Morre queimando, devorado pelo vento traiçoeiro, pela passagem dos anos, pela areia que se insinua entre as páginas. O deserto avança sobre a cidade, tentando retirá-la do mundo. O deserto odeia tudo. Dentro de prateleiras ancestrais, os livros esperam pelo seu Messias, que nunca virá. Alguns dotados de mais dignidade, insultam e desafiam a Morte dos Livros, que caminha impune pela cidade semi-deserta, colhendo as almas de homens que insistem em habitar pergaminhos feitos com pele de gazela. Outros livros, mais indecentes, choram tinta, gritam traças e se despedaçam em calor. Nas noites enregelantes do Saara, que espreita a Cidade das Bibliotecas, é possível escutar histórias correndo sobre as dunas com seus dialetos há muito desaparecidos, tentando fugir da destruição através de alguma tribo de beduínos que as acalente, mas retornando, ao final da madrugada, para dentro do livro que foi a sua vida e que, em breve, será o seu túmulo.

Não existem mais autores, não existem mais vaidades. O deserto odeia tudo. Na biblioteca moribunda a qual chamamos Chinguetti, as obras se empilham, se misturam, fornicam e amaldiçoam; folhas trocam de lugar, linhas somem, outras aparecem. Todas as histórias despencam de volta ao nada onde jaziam antes de serem pinçadas por homens e mulheres.

Existe uma lição nisso: somos nada que um dia retorna ao nada, e o sentido final de tudo é desaparecer no vazio. Afinal, se um livro pode morrer, qualquer coisa pode morrer. Um texto está morrendo neste exato momento, e acompanhamos os seus estertores, despedindo-nos do seu conteúdo:

"Rastrear os passos das esfinges sempre foi complicado: elas são escorregadias, obtusas, misteriosas. Contudo, por maior que seja a sua capacidade de ocultar-se, algumas pistas são deixadas para trás. Aníbal Barca, general cartaginense, ao instalar-se na cidade de Trasimenus, distante algumas milhas de Roma, recebeu visitas noturnas de um ser descrito por Caio Petronium como "uma mulher misturada com um gato, dotada de asas irrequietas", mas é impossível dar crédito a este escritor, em primeiro lugar por ter sido um romano, e em segundo por escrever um tratado descrevendo as posições sexuais assumidas pelos rouxinóis em pleno voo, o que coloca o restante da sua obra sob suspeita. Um relatório confidencial do capitão americano Stephen P. Hardy relata uma conversa regada à vodca que manteve com Vladimir Kormatóvski, tenente soviético, logo após a queda de Berlim na Segunda Guerra. O russo relatou a invasão ao bunker de Hitler e o fato de ter sido encontrada uma criatura pequena, mulher em corpo de cachorro, que sorria angelicamente enquanto recebia as balas que terminavam com a sua vida. Por fim, outro indício das esfinges é o alegado familiar possuído por Gerberto de Aurillac, conhecido também como Papa Silvestre II (999-1003), que não era um gato, mas sim uma esfinge. Esse familiar concedia conselhos e ordens para a Igreja Católica e, de acordo com o cardeal Benone, autor de dois artigos reunidos sob o título de *Gesta Romanae Ecclesiae contra Hildebrandum*, publicados em 1088, previu a morte de Silvestre II quando estivesse oficiando uma missa em Jerusalém. O papa imaginou ser Jerusalém, a cidade, e por isso não se recusou, alguns anos depois, a celebrar missa em Santa Cruz de Jerusalém, uma das mais antigas igrejas romanas, onde foi acometido por um desfalecimento mortal. "Percebendo a aproximação da morte", afirma o relato do cardeal, "suplicou que lhe cortassem as mãos e a língua, as quais, por ter sacrificado em nome do Diabo, tinha desonrado Deus". O famoso *daimon* de Sócrates também era uma esfinge e, na sua derradeira aparição, enquanto o filósofo aguardava o cálice de cicuta, recomendou-lhe que estudasse música. Um conselho inoportuno dado na hora errada, e que Papini interpretou como um sarcasmo tipicamente infernal, por ser destinado a um ancião que espera a morte e, ao mesmo tempo, uma crítica à atividade pública de Sócrates. Na verdade, a interpretação é mais simples do que se imagina, afastando o rótulo demoníaco para considerar como uma esfinge o falante destas palavras, pois ela disse que, se Sócrates tivesse se dedicado à música como lhe foi aconselhado, com certeza não estaria tomando cicuta naquele momento.

Desde tempos imemoriais as esfinges vagam pelo mundo e, atualmente, tornaram-se testemunhas silenciosas da sua própria incompetência. É por cumprirem de forma inadequada a sua tarefa que estamos deste jeito. A extensão criminosa da displicência das esfinges é incalculável; deve-se ao seu cansaço e apatia o aumento da violência, da fome, da miséria.

A missão das esfinges é clara, e o seu desleixo é chocante. Cabe a elas suscitar em cada homem a sua consciência. As pessoas possuem dentro de si uma consciência, mas ela precisa ser despertada pelas esfinges, depositárias das tradições que fazem a ponte entre o não-homem e o homem.

Ignora-se o motivo pelo qual o corpo das esfinges foi minguando com a passagem dos séculos. Algumas pessoas atribuiriam esta evidência a um enfraquecimento progressivo. Quem as viu e com ela teve que conviver, na maioria das vezes nem tinham ideia de que estavam tratando com esfinges. Imaginaram estar vendo um cachorro bem fornido, sem jamais pensar que aquele ser dócil, com olhos tão humanos e dolorosos, pudesse acompanhar todos os fatos da sua vida e esgueirar-se à noite até o quarto para sussurrar palavras junto ao ouvido, tentando despertar a consciência adormecida. Não são poucas as pessoas que defendem a ideia de que as esfinges se metamorfosearam em cães e gatos, que infestam as residências humanas, aproveitando momentos de descanso dos seus senhores para, então, conversar com eles e tentar deixá-los mais humanos.

As esfinges sabem o perigo de revelar-se. A mais famosa delas, uma que assolava as estradas de Tebas com enigmas, ao deparar-se com um que sabia a resposta, imaginou que este ser poderia ser o diferencial capaz de integrar homens e esfinges. Qual não foi a sua decepção ao descobrir que este mesmo homem mataria o próprio pai e casaria com a mãe. Poucas são as esfinges que se suicidam, e as pedras do penhasco próximo a Tebas ainda lembram o sabor do seu sangue.

A passagem do tempo e a cada vez maior limitação do raciocínio humano em contraste inversamente proporcional com o seu avanço técnico forçou as esfinges a abrirem mão do seu mote. No passado, elas imaginavam que a declaração "decifra-me ou será devorado" seria suficiente para que o homem pudesse atingir a sua consciência, pois, tentando decifrar a esfinge, ele acabaria chegando ao âmago do seu ser, eis que esfinge e consciência são conceitos semelhantes. Retirando o ridículo caráter de ameaça desta frase – como se uma esfinge fosse comer um homem, esta ideia implica em um canibalismo absurdo –, percebe-se que ela é uma maneira de atingir a consciência por intermédio de artifícios lúdicos. Atualmente, visando a facilitar a compreensão, a frase modificou-se para "decifra-te ou será devorado", ou seja, deixou de ser um jogo para se tornar uma afirmação. Contudo, os homens continuam apresentando problemas de compreensão, pois ninguém pensa naquilo que é. A ameaça final se mantém intacta, mas é uma homenagem ao passado, e deve ser entendida como um exercício retórico, ao invés de ser interpretada ao pé da letra como Sófocles entendeu, equívoco esse que ainda pesa sobre a imagem das esfinges.

Entre os muitos tipos de esfinges, as androsfinges são as que mais se identificam com os homens, por motivos óbvios. São objetos de escárnio constante das outras, em especial as criosfinges e as hierocosfinges, que dizem que, não bastando as cabeças de homens, elas ainda pensam como eles. As androsfinges são humildes, e abaixam a cabeça com resignação quando criticadas. No seu entendimento, pensar como homem não é algo ruim. Algumas inclusive têm a pretensão de imaginar que são os homens que pensam como elas e, quanto mais próximos eles chegarem do pensamento de uma esfinge, mais esfíngicos se tornarão, o que seria perfeito.

Entre os seus mitos, existe aquele do homem que outrora virou esfinge, e tão famoso ele foi em seu tempo de vida que o cultuaram como expressão do Altíssimo. Fizeram uma estátua em sua homenagem. Não é aquela conhecida como esfinge de Gizé, que foi o quarto monumento colocado sobre o mesmo ponto, mas algo que vem desde os antepassados da Terra. Contam que este homem, ao virar esfinge, passava todos os seus dias urrando de dor e vociferando palavras incompreensíveis. Foi necessário matá-lo, mas não é tão simples acabar com uma divindade. Arrumaram uma luta heroica com uma serpente nascida no ventre da Terra, e uma morte queimante sob o efeito do veneno centenas de vezes mais forte do que as pítons normais. Na verdade, o homem que virou esfinge morreu com uma faca cravada no olho, no fundo de uma anônima caverna, tendo estalagmites como últimas testemunhas. Era uma madrugada fria, e dizem que ele sorriu quando a faca o liberou do seu fardo.

As esfinges possuem um defeito muito grave: elas acreditam nos seres humanos e que um dia não serão mais necessárias, pois a consciência será um dom que pode ser atingido sem estímulos externos. Não bastando acreditar, elas se preocupam, e este é um erro. As esfinges acreditam que o ser humano vai dar certo, e é esta fé absurda em criaturas mais preocupadas em se matar do que em crescer o que conduzirá a Humanidade à sua hecatombe. Pode-se afirmar, sem nenhum exagero, que as esfinges – responsáveis pela ingrata tarefa de ativar a consciência humana – estão em silêncio por que acreditam que o homem vai evoluir sem nenhum apoio, algo que, é importante reconhecer, não acontecerá nunca. E tudo por culpa das esfinges, que não cumprem com o seu dever, deixando os indivíduos ao sabor das próprias vontades, completamente desprovidos de consciência. Naus sem capitão, criaturas sem objetivo."

Em silêncio, o livro queima, levando consigo a incômoda verdade. As letras desvanecem, lambidas pelo vento árido. No local onde antes existia um texto, hoje existe somente a memória de outra história comida pelo Tempo, outra realidade morta. Todas as histórias estão nas prateleiras de Chinguetti, até mesmo as sonhadas. Obras que nunca conheceram leitores e aquelas que, odiadas, estão aguardando o fim. O deserto não desiste e, com seus pesadelos de sílica quente, tenta invadir as paredes velhas feitas de pedra.

A Cidade das Bibliotecas morre um pouco a cada dia, mas renasce toda manhã. Isso por que os livros não param nunca de chegar. Todo dia, em alguma parte do mundo, livros desaparecem e surgem nas prateleiras de Chinguetti, esperando que a morte venha lhes buscar. Esperando o descanso definitivo daqueles que não têm mais nada a dizer. O deserto odeia tudo, em especial os homens, as verdades e os livros.

## Moscas e diamantes

> *"Diante de mim caminham teus olhos cristalinos,*
> *A que um anjo cedeu poder magnetizante;*
> *Andam: são meus irmãos estes irmãos divinos,*
> *Jogando em meu olhar seus fogos de diamante."*
> Baudelaire, As Flores do Mal, XLIII – O archote vivo.

Algo horrível estremece a imobilidade. No intervalo do gesto, na distância da respiração que imagino e não se concretiza, a mosca pousa nos seus lábios. Você não pode afastar o inseto e nem eu posso buscar o conforto do seu abraço para afastar esse horror impuro, que traz consigo a cadência da putrefação. Sinto as suas lágrimas invisíveis e odeio-me em silêncio por ser incapaz de lhe salvar da vergonha de se sentir suja. Estamos sentenciados à ausência de toque; passaremos dias juntos, dormiremos lado a lado e jamais nos tocaremos. Outra mosca surge, e elas fazem um festim agitado ao se encontrarem. Imobilizam-se ao se sentirem vigiadas. Tensão. Vejo seus lábios entreabertos, tão convidativos nesse simulacro de pera, ansiosos pela completude que carrego na minha boca. Ainda recordam do tempo em que éramos um. O nosso beijo está a centímetros de se concretizar, e assim está há uma eternidade; não estamos no mesmo tempo, não temos a sorte que os amantes precisam também possuir. Quase posso sentir a sua respiração, trazida pelas asas das moscas. Os seus olhos vazados traduzem desespero e vergonha, mas não há motivo para se sentir assim. Gostaria de lhe acariciar o rosto e acalmar os demônios que lhe perturbam. Não tenho este poder. A única coisa que posso fazer é encará-la com olhos de abismo branco e prometer que esperarei seu beijo. Enquanto isto, as moscas adejam entre nós, roçando-se, balé irrequieto que brinca com a nossa situação estática, esse gesto inicializado e que não podemos concluir, não podemos. Olho sua alma e prometo, com o desespero que só o silêncio permite: estarei aqui quando virarmos pó, continuarei esperando seu beijo quando virarmos diamante e quando seus olhos se tornarem uma constelação de estrelas mortas. As moscas afastam-se, sem saber que, por alguns segundos, foram a ponte que concluiu o arrepio do mármore, ignorando as lágrimas invisíveis, as bocas entreabertas que antecipam o beijo, ou o grito de dor.

## As crianças mortas

Sempre que fechava os olhos, via crianças mortas. No vazio das pálpebras fechadas, Rafael distinguia vultos morando no fundo da sua retina. Enxergava as sombras das crianças e sabia, pela sua imobilidade, que estavam mortas, os corpos empilhados esvaindo-se em sangue negro. Nas cavidades dos rostos, buracos sombrios fixavam-no de forma doentia. Não sabia se as crianças mortas eram um aviso do seu futuro, uma espécie de premonição a ser evitada, ou se acabaria dando cores para aquele cenário funesto. Não sabia se o seu inconsciente desejava as mortes das crianças ou se pretendia evitá-las. Rafael se consumia em dúvidas, enquanto as infâncias destruídas continuavam assombrando os seus descansos, impressas no fundo dos seus olhos.

Poderia viver com esse horror, mas não foi possível. Em um dia de nuvens incertas, com um cisco a lhe perturbar, aproximou-se do espelho. O olho estava muito vermelho, nadando em oceano de sangue. Sem querer, encarou aquilo que chamam de retina, bola preta contida por um círculo castanho, e, no fundo da escuridão, estavam as crianças mortas. Elas moravam dentro dele, em algum lugar entre o cérebro e a visão. Não eram um sonho, um delírio imposto pela mente. Rafael ficou muito tempo diante das silhuetas repletas de silêncio e, assim que saiu da frente do espelho, pegou um papel e esboçou a sua obra mais conhecida e famosa: As crianças mortas.

Nunca desejou ser famoso. Leu todas as críticas que fizeram sobre o quadro, tentando entender aquilo que morava dentro de si. Queria somente que alguém lhe explicasse; trocaria todo o dinheiro do mundo por um sentido. Os repórteres perguntavam o que ele quis transmitir com a obra, mas Rafael se esquivava de uma resposta direta. A promiscuidade da arte perturbava de maneira incomum. Antes, ela ficava contida pelos seus olhos. No entanto, desde que a colocou no papel, viu que perdera o controle. Quando vinham conversar sobre o quadro, Rafael distinguia crianças dentro dos outros. Não sabia se eram imaginação sua ou se elas estavam se multiplicando de forma impune. Incomodavam-lhe as perguntas alheias, pois sentia um toque de voluptuosidade, como se o terror expressado na pintura fascinasse com um toque obsceno, sensual. Para alguns pais, o filho é a encarnação da imortalidade; para outros, um adversário a ser subjugado.

Ele desenhou mais quadros. Por mais que tentasse fugir do estereótipo, sempre retratava crianças mortas. Imaginava que os críticos e espectadores fossem cansar da temática. Contudo, o encanto aumentou. Todos os dias chegavam encomendas de novas pinturas. As propagandas adotavam a imagem de crianças mortas. O horror virou cult; a morte, um objeto mensurável. Pessoas transformavam fotos de infância com recursos gráficos, mostrando como seriam se estivessem mortas. Quando a galeria de arte exibiu uma mostra de fetos sem vida, Rafael achou que tinham chegado ao limite. Saiu de casa e, com o dinheiro que ganhara graças à exploração dos quadros, resolveu fugir de si mesmo e iniciar uma nova vida.

Hoje, Rafael trabalha como zelador de uma creche. Todos os dias, assiste crianças correndo de um lado para o outro, brincando, se divertindo. Fora das grades, o mundo espreita a vida que inicia, ansioso para transformá-la em produto. A inocência morre em todos os lugares, todos os dias, enquanto a Humanidade se consome em um insano tributo a Herodes.

Dentro do zelador, as crianças mortas continuam morando, mas a diferença é que agora Rafael pode dizer o nome delas: Maria, Jussara, Pedro Ivo, Robertinho. Continua sem saber qual papel desempenhou na grande engrenagem do Universo. Ainda desconhece se é o herói ou o vilão. Suspeita que alguma coisa dará sentido para as crianças mortas e, enquanto isso não acontece, faz o mesmo que todas as pessoas repetem a cada minuto de suas vidas: espera a hora de sair de trás da cortina e virar o protagonista da própria peça, sem saber se ela já começou, ou quando – e se – irá terminar.

# A revolução como problema matemático

Temos uma situação de segurança nacional. Foi a primeira frase escutada por Roman assim que despertou, contemplado por dois soldados de semblante impassível. Enquanto removia o pijama e colocava uma roupa mais apropriada – nunca se sabe quando será necessário desfechar um ataque nuclear contra algum agressor, e não queria tomar tal decisão de pantufas –, Marie era também acordada, senhora primeira dama, a senhora precisa ser levada para o bunker, seus filhos já foram encaminhados para lá. Os dois vestiram-se às pressas, trocando olhares de esguelha. Todas as vezes que perguntaram o que estava acontecendo, os homens disseram que não tinham autorização superior para informar. Mas eu sou o presidente, exclamou Roman com ímpeto, e o olhar indiferente dos soldados informou-lhe que existiam níveis superiores de comando.

Assim que estavam prontos, foram conduzidos para fora do quarto, entrando nos longos corredores impregnados de noite do palácio de governo. Em uma curva do caminho, Roman foi levado para a direita, enquanto Marie, conduzida pelo braço, foi gentilmente desviada para a esquerda. O presidente tentou olhar para a esposa uma última vez com a intenção de tranquilizá-la, mas as trevas a esconderam, e ele precisou seguir a sua jornada.

Imerso nos pensamentos ainda trêmulos da noite interrompida ao meio, Roman levou algum tempo para notar que não sabia onde estava. Não se lembrava de ter passado antes por aquelas partes do palácio de governo. Era uma sucessão de corredores mal iluminados, cortados às vezes por rampas que subiam, lentas, e, em seguida, desciam de forma abrupta. Nos cantos mais ocultos, vislumbrou as silhuetas de aranhas e de ratos, espiando com olhinhos maléficos a passagem daqueles homens que interrompiam os seus afazeres noturnos. Dois anos no governo e ele ainda desconhecia a casa onde morava e decidia os destinos da nação. Passava pelos caminhos habituais, pelos salões repletos de luz e de objetos históricos, cumprimentando sempre as mesmas pessoas com seus sorrisos solares, suas roupas aprumadas. Jamais imaginou que, debaixo de tanta luz, pudesse existir um mundo trevoso, local sujo e disforme, por onde os segredos se esgueiravam e os mistérios eram tecidos com paciência.

Andaram por um tempo que não soube precisar, acompanhados somente pelo barulho dos próprios passos, os coturnos do militar estapeando o chão com empáfia, os sapatos dele tentando suavizar as pegadas. Começava a se perguntar se tudo aquilo não era parte de um elaborado plano de sequestro quando se detiveram na extremidade de um corredor, ladeados por duas paredes que não disfarçavam rachaduras desconfortáveis. Não estavam diante de uma porta moderna, feita com os melhores equipamentos de segurança. Ao contrário, era uma entrada antiga, feita de madeira negra e tortuosamente esculpida na forma de um semblante diabólico. Era uma porta que cheirava tanto à sabedoria quanto à breguice das decorações opulentas do passado. Ainda assim, lembrava um tempo em que portas serviam não para defenderem os que estavam no interior das casas, mas para impedir que o mal entrasse.

Roman perguntou onde estava o Alto Comando, pensando no fluxograma do poder governamental e na enorme quantidade de generais, políticos, ministros e assessores que deveriam participar de qualquer decisão estratégica. O militar evitou encará-lo, minhas ordens foram para trazê-lo até aqui, senhor presidente. E quais são as suas ordens seguintes, soldado? Ele baixou a cabeça e, pela primeira vez, Roman viu um sentimento distorcer com leveza o semblante do outro na forma de um sorriso, não estou autorizado a lhe informar, senhor presidente. O soldado girou em torno dos próprios calcanhares e postou-se ao lado da porta, vigilante, os olhos perdidos no vazio do corredor.

As respostas buscadas estavam atrás da porta e, sem hesitar mais nem um segundo, Roman entrou na sala. A inexplicável claridade do ambiente lhe atordoou por alguns segundos. Levou um pouco de tempo para se acostumar à luz, mas logo percebeu a sombra parada no centro da sala, braços cruzados. Assim que a visão se ajustou, percebeu que era esperado por um homem baixo, cuja cabeça oval acentuava-se graças à calvície. Debaixo do bigode ralo, um sorriso de dentes irregulares mostrava subserviência, e Roman sentiu-se um pouco aliviado, o suficiente para retomar o comando na voz e perguntar quem era o desconhecido e o que ele fazia ali.

O sorriso desfez-se. Não lembra de mim, senhor presidente? Fomos apresentados na sua posse. A frustração do outro era visível. Roman escavou na memória e não achou nenhum rosto que preenchesse os critérios, não, me desculpe, conheci tanta gente naquele dia, estava tudo tão corrido e tão agitado. O homem fez uma leve mesura, eu entendo, senhor presidente, vossa Excelência não tinha motivo para me distinguir com a sua atenção naquele dia, apesar de tê-lo convidado para uma visita e o senhor ter prometido aparecer, o que nunca aconteceu, provavelmente por causa dos seus compromissos. Roman concordou, sim, muito provável, e eu peço desculpas por isso, mas, sabe, governar um país inteiro dá muito trabalho. O outro sorriu, claro, senhor presidente, e Roman não entendeu se ele era compreensivo ou irônico, pois bastava acompanhar as colunas de fofocas para ver que os seus primeiros meses de mandato não foram muito trabalhosos. Voltou para o que importava, você ainda não me disse o que estou fazendo aqui.

O homenzinho pulou. Ah, claro: sou o seu bibliotecário, senhor presidente, e meu nome é Julien. Ao perceber o espanto de Roman, acrescentou que, na realidade, era o bibliotecário de todos os presidentes, sempre esqueciam de nomear alguém para o cargo e ele ia ficando, assim como o seu pai ficou e, antes deles, o avô. O presidente olhou ao redor: mas, Julien, que sala é esta? O que estou fazendo aqui? Onde estão os livros? Com um gesto largo, o bibliotecário apontou para as paredes brancas da sala, e Roman percebeu que existiam pequenos riscos escondidos em ranhuras e dobras, como se fossem as gavetas de um necrotério. Nesta sala, senhor presidente, ficam os livros importantes da nação, aqueles que não podem vir à tona; eu e outros bibliotecários colecionamos tais obras, mantendo longe da curiosidade alheia, pois, o senhor sabe, livros podem derrubar mundos. A biblioteca oficial do governo fica na ala residencial do palácio, mas suspeito que o senhor nunca a tenha visto por causa dos seus compromissos, apesar de a sua esposa frequentá-la com assiduidade. Algumas vezes conversamos sobre romances e ela sempre pediu dicas de leitura, é uma senhora muito gentil, e começou a descrever as preferências de leitura de Marie. A fala era agitada e ininterrupta; Roman podia perceber que Julien era um homem desacostumado a manter conversas sociais e tentava incluir o máximo de assuntos possíveis dentro de um fôlego só, mas era necessário dar alguma direção para a conversa. Julien, aposto que tudo isso que o senhor está me falando é muito interessante, mas preciso saber o que estou fazendo aqui. O outro cessou o discurso e, se ficou decepcionado pela interrupção, não demonstrou: claro, senhor presidente, desculpe o meu nervosismo, mas não sei se teremos outra oportunidade de conversar, então acabei me entusiasmando.

Com os passos graciosos de um homem acostumado a se deslocar por aquele ambiente asséptico, Julien dirigiu-se até uma gaveta e pressionou a sua extremidade. Ela abriu com um leve zumbido mecânico, e o bibliotecário levantou um maço de folhas do seu interior. Eram antigas, o tipo de pergaminho que serve para conjurar um feitiço ou algo pior. Acariciando as folhas amareladas, ele falou, com uma voz que mal escondia o enfado de alguém que precisa explicar um assunto muito óbvio, acho melhor esclarecer como funciona o nosso mundo, o mundo das bibliotecas presidenciais secretas. Cada governo possui um bibliotecário como eu e, provavelmente, cada palácio de governo tem uma sala como esta. Podem variar detalhes arquitetônicos ou culturais, mas, na essência, as salas são idênticas. Possuímos orçamentos próprios, sabe aquelas rubricas que ninguém sabe direito o que são e possuem descrições enfadonhas na contabilidade do governo?, pois é de onde sai o nosso meio de sustento. Nós, os bibliotecários, conversamos entre nós – temos uma rede social própria – e trocamos cópias de livros raros ou que não podem nunca serem lidos. Não vou cansá-lo com os detalhes de como trocamos livros ou de como eles passam de uma biblioteca para a outra e são copiados, senhor presidente, mas basta saber que somos cautelosos, e temos uma rede de copistas mudos, um mosteiro isolado na Islândia e até mesmo um submarino nuclear que chamamos amorosamente de Nautilus, tudo para que as cópias transitem com a máxima segurança e somente nós tenhamos acesso ao conteúdo proibido.

Ele se aproximou de Roman e estendeu-lhe o manuscrito: se eu falo tudo isso para o senhor, é porque, no início da noite, a biblioteca de Antioquia sofreu uma lamentável quebra de segurança e este documento foi roubado. Acidentes acontecem, inclusive conosco. Não tenho ainda os detalhes. Em algumas horas, esse conteúdo tinha se espalhado pelo Oriente Médio, ganhou a internet e, agora, está se disseminando pelo mundo. Receio que ele tenha chegado às nossas fronteiras e, como o original nasceu aqui, usei as antigas prerrogativas do meu cargo, as regras que ninguém nunca lê e que existem desde antes do surgimento do país, e resolvi convocá-lo para que o senhor salve o mundo. Desculpe o resumo rápido da situação, mas peço que leia com o máximo cuidado.

A primeira sensação de Roman ao segurar as páginas foi que algo ruim pairava sobre a caligrafia rebuscada. As palavras, escritas em uma tinta esmaecida, contemplavam o mundo com a raiva de uma cobra acuada. Podia distinguir manchas no papel, e estava em dúvida se era sangue coagulado ou marcas de copos de cerveja. Sentia uma sabedoria antiga presa naquelas folhas. Mesmo sabendo que estava prestes a entrar no templo de um deus morto, Roman pensou na urgência da situação apresentada pelo bibliotecário e cedeu à leitura:

"Era início da noite quando a criada me informou que Jean Baptiste morreu na guilhotina ontem. Tinha sido um julgamento rápido: ele fora preso logo após o almoço e, no final do mesmo dia, a sua cabeça estava no cesto com as outras cabeças revolucionárias cortadas. Ele não rezou, não pediu perdão pelos seus pecados e nem implorou misericórdia; subiu ao patíbulo, contemplou de forma vazia o carrasco e colocou a cabeça no encosto de madeira, esperando a queda da lâmina tranquilizadora. Jean Baptiste era o mais corajoso de nós três, e não espanta que tenha morrido com tamanha dignidade, pois, no íntimo, sempre esperou que a morte viesse bater na sua porta. A morte é somente o fim óbvio da equação da vida, disse várias vezes.

Tenho medo do que possa ter acontecido com Simone. Mesmo enquanto escrevo com pressa estas palavras, meu pensamento é percorrido pela lembrança dos seus cabelos cacheados, pelos olhos ligeiramente vesgos, pelo queixo sempre disposto a lançar-se em desafios, que iam desde discussões filosóficas até beijos. Na última vez em que nos vimos, ela estava com um vestido azul; era um pedaço do céu passando no meio da sujeira dos homens. Recordo do toque das suas mãos no meu rosto, a umidade febril dos lábios e as palavras agudas: 'É melhor não nos encontrarmos mais'. Se Jean Baptiste foi preso e morto, espero que o destino de Simone tenha a mesma dignidade, não servindo para a sevícia de homens malcheirosos a conspurcar aquelas carnes que outrora foram tão minhas. Não acredito em Deus, essa improbabilidade matemática que se confunde com o infinito, mas rezo para que Simone tenha vislumbrado o seu futuro sombrio de mulher em tempos de revolução e tenha encontrado uma saída que lhe preservasse da inevitável dor.

Os inimigos não tardarão a me buscar. Deixo esses papéis como meu testamento para todos os homens de boa vontade – para que todos saibam o que fiz e para que nunca mais atravessem os limites.

Entretanto, não conseguirei chegar à fórmula sem explicar o seu surgimento. Como tudo, a matemática gira em torno do amor. Os números relacionam-se entre si como amantes cegos pelo ciúme. As fórmulas e as equações não passam de tentativas de colocar alguma ordem no caos dos sentimentos díspares que os números acomodam. Eles se repudiam e se afastam como se fizessem parte da mesma engrenagem, a mesma máquina do mundo, e, para o homem disposto a lidar com números e ver a beleza ou a decrepitude que eles podem gerar, é uma sensação única dispor da matemática para enxergar o verdadeiro universo, aquele que está longe dos telescópios.

Desde a nossa infância como vizinhos no Montmartre, eu e Jean Baptiste amávamos os números. Nossa amizade começou por causa deles. Éramos capazes de transformar tudo em matemática, desde o suspiro da chuva até o coaxar de sapos invisíveis. Entre as mais agradáveis recordações dos meus primeiros anos de vida, encontram-se as longas conversas com Jean Baptiste. Existiu um momento em que talvez estivemos apaixonados, mas hoje acredito que foram os números que abriram pontes de sentimentos onde eles não existiam. Números podem mudar tudo, até mesmo os homens. Podem transformar amizade fraterna em amor. Podem destruir o mundo ou salvá--lo. Nosso amor e nosso respeito pelos números eram tão grandes que, por pouco, não conseguimos convertê-lo para amor humano, carnal, mas logo vimos que a matemática estava brincando com os nossos sentimentos como um gato saciado brinca com um rato antes de matá-lo. Não era real.

No meio desse cenário, o surgimento de Simone transformou a nossa vida. Ainda adolescente, ela foi morar no prédio que ficava na esquina da nossa rua. Por algum tempo, acompanhou-nos à distância. Não tardou a se aproximar e, graças à nossa paixão, acabou também caindo de amores pela matemática, essa imperatriz faminta. Enquanto a ensinávamos, tanto eu quanto Jean Baptiste sentíamos que, mais do que transmitir conhecimentos, estávamos espalhando a matemática por aquele corpo jovem e que cheirava a flores desconhecidas. Simone acabou contaminada pelo nosso entusiasmo e, depois de um ano de conversas, de trocas de olhares, de sorrisos surpresos e de números entremeados nos nossos sentimentos, tivemos sucesso em transformar Simone na soma excitante de dois números primos.

Não sei em qual momento nos apaixonamos por ela. O amor não respeita tempo, nem espaço, nem qualquer grandeza vetorial. Ele simplesmente surge e se alastra e, quando vemos, só conseguimos pensar na outra, o sorriso dela se torna farol, o toque inesperado revela uma ilha de promessas. A partir de então, a vida só continuou a ter sentido se Simone deixasse de ser a aluna aplicada que superava os mestres e se tornasse o ser de quem éramos devaneio e sombra. Apaixonamo-nos, e era algo tão intenso que nem mesmo os números foram capazes de conter.

Sabíamos que Simone precisava escolher um. Certo dia em que estávamos deitados no sol indolente do parque, ela pediu para que fizéssemos uma fórmula capaz de prever a oscilação das folhas de um gerânio. Descartei o pedido; era impossível prever a instabilidade no meio de um ambiente com tantas variações. No entanto, Jean Baptiste não esqueceu e, no dia seguinte, quando nos encontramos, ele estava com os olhos inchados de quem passara a noite a refletir. Apresentou-nos uma fórmula e, confesso, nunca tinha visto algo igual; ela adejava sobre o papel, deslocando-se em ondas tranquilas como as formadas pelo Sena quando interrompido por um barco discreto. No interior daquela fórmula, era possível prever a beleza de um gerânio, desde o seu desabrochar até a queda cansada na direção do chão, assim como o deslocar das suas folhas por uma abelha ou por algum vento súbito. Diante de tamanha habilidade, fui fazer um comentário e surpreendi um sorriso carinhoso trocado entre Simone e Jean Baptiste. Nossa amiga fizera a sua escolha.

O fato de os dois começarem a namorar não atrapalhou a nossa amizade. Admito que o ciúme corroía o meu espírito a cada carícia trocada pelo casal, a cada beijo que Simone depositava na face do meu amigo, a cada vez que os via caminhando pela rua e sonhando sobre impossibilidades matemáticas. Também não foi pouco o meu sofrimento ao imaginar o corpo virgem e firme da mulher que amava cedendo diante das estocadas do seu namorado, pois não era necessário ser um gênio para prever que a fórmula do amor tem no sexo uma de suas mais delirantes variáveis.

Ainda assim, não desisti. Resolvi ganhá-la no terreno que dominávamos. Todas as noites em que abandonava o casal para seus jogos amorosos, eu ia para casa e estudava. Li todos os livros que encontrei, pesquisei os números que não existem, perscrutei a lógica das estrelas cadentes, investiguei as equações que sonham dentro de cada floco de neve. Às vezes, penso que enlouqueci, mas a matemática preservava a minha existência.

Percebi que o passar do tempo desgastava a relação de Jean Baptiste e Simone, que não sabiam mais tanto quanto eu, e essa foi a energia necessária para intensificar meus estudos. Em uma dessas noites cansadas que se arrastam pelo céu, Simone comentou que Deus devia ser um excelente matemático ao criar as nuvens e seu deslocamento, às vezes rápido e, em outras, lento e pesado. Entendi o desafio proposto. Fiquei em casa dois dias, alegando que estava doente, e entreguei-me à insanidade dos números e das equações, que se retorciam no cérebro como serpentes venenosas em busca de alguém onde pudessem descarregar seus anseios.

Quando encontrei Simone e Jean Baptiste, apresentei de forma despretensiosa a minha criação. No mesmo momento percebi o espanto de ambos: eu prendera as nuvens dentro da elegância numérica, conseguira ver o tamanho delas antes que existissem, previra o momento em que se zangariam e mudariam de cor. A fórmula antecipava o deslocamento das nuvens em um dia de sol, mas também descrevia o momento em que elas se desmanchavam em chuva. Não bastando, ainda descrevi a inexistência de nuvens. Eu calculara o Nada. Minha fórmula podia oscilar entre o plácido e o furioso.

Não foi uma coincidência que, na tarde daquele mesmo dia, Jean Baptiste e Simone tiveram a sua primeira briga séria. Ela procurou o meu conselho, e acabamos indo além. Foi uma noite memorável, aquela em que a mulher sonhada estremeceu como uma flor diante dos meus toques, indo da calma à exaltação como uma nuvem queimada pelo sol. Naquela noite, Simone foi toda a matemática do meu universo.

No outro dia, ela e Jean Baptiste reataram o namoro, mas tinha mudado. Na tranquilidade da fórmula do amor dos dois agora se intrometia um elemento variável, e logo meu amigo percebeu. Nunca conversamos sobre o assunto, mas, no meio da complexa matriz das relações humanas, éramos três elementos indissociáveis. Se saísse uma parte da sequência, o equilíbrio restava desfeito, e matemáticos são seres que preservam a harmonia acima do conflito. Tivemos que nos ajustar à realidade, e esses foram os melhores momentos da nossa relação, um triângulo perfeito que continha todas as respostas necessárias.

O ambiente no país estava conturbado. Pequenas revoltas eclodiam a todo o momento. As pessoas passavam fome, e a reclamação nas ruas era visível. Isolado no seu palácio, o rei desconhecia que não era mais uma unanimidade; a corte gastava demais, os impostos eram sufocantes. Entre nós, Simone era a mais sensível para o ambiente das ruas e frequentemente tentava discutir assuntos políticos conosco, que não nos interessávamos muito. Quem se preocupa com impostos e pão quando tem as chaves da compreensão absoluta ao alcance dos dedos?

A única linguagem que nos interessava era a matemática. Em um dia de especial exasperação com a nossa ignorância política, Simone percebeu que só poderia conversar conosco assim. Foi quando lançou o desafio: era possível prever a vitória de uma revolução? Era viável transformar a revolução em uma fórmula que, ao mesmo tempo em que antecipaira o instante em que deixou de ser um levante e se transformou em algo sério, fosse capaz de definir o ponto de ruptura do véu das instituições?

Ah, tínhamos a arrogância e a imortalidade típicas dos jovens...! Seduzidos pelo problema, eu, Jean Baptiste e Simone nos entregamos à construção da fórmula. Esbarrávamos, contudo, em uma variável quase intransponível: os grupos humanos. É mais fácil prever o humor de uma nuvem ou o suspirar de um gerânio do que aquilo que uma única pessoa deseja – o que dizer, então, de um grupo inteiro? Estudamos todos os tratados filosóficos existentes, tentando construir a sucessão de pensamentos que forma um único homem. Com o passar do tempo, após entendermos a variável isoladamente considerada, transportamos esse conhecimento para os grupos. Estudamos o movimento das sociedades, as maneiras cíclicas e erráticas com que elas se comportavam, as ascensões e quedas de impérios, a maneira com que as pessoas se aglutinavam em torno de cidades e essas se juntavam dentro de países.

Devagar, conseguimos construir a fórmula perfeita, que, atrás da sucessiva complexidade de letras que lhe dá estrutura, pode ser sintetizada da seguinte maneira: cada pessoa (P) tem um conjunto de variáveis que a constituem, formada por moral (M), ética (E), vontade (V), espírito (Es), corpo (C) e, o mais movediço e traiçoeiro dos elementos, formando tudo aquilo que escapa das variáveis anteriores e que nem mesmo os indivíduos são capazes de explicar, o qual denominamos de caos (Ca). Assim, chegaríamos ao número que corresponde àquilo que representa uma determinada pessoa, o algarismo único sonhado por Pitágoras e por Eliseu. Toda pessoa (P) vive em uma sociedade (S) submetida a um número flutuante de regras (R). Se (S) contém uma população (P) com uma quantidade x de (R), mantendo assim intacto o tecido social, para chegarmos à revolução, bastaria ultrapassar o ponto de equilíbrio (PE), formado pela metade de (P) que acreditava que uma revolução fosse possível. A partir desse momento, a sociedade se desequilibraria e perderia a capacidade de controlar os seus integrantes. As instituições ruiriam diante da própria fraqueza, pois estariam contaminadas pela discórdia. Realizamos exaustivos cálculos e a verdade surgiu: bastaria (PE) mais 22,7% das pessoas para que o movimento revolucionário fosse irreversível.

Sentados em uma taberna, concluímos o cálculo enquanto o vinho intocado jazia nas canecas, observado pela moça encarregada de vigiá-las. O passo seguinte era óbvio, e a curiosidade nos impeliu: o quão próxima de uma revolução estava a nossa querida França? Inserimos os números na fórmula, calculamos a variável (P) e chegamos ao (PE). A seguir, bastou-nos calcular a quantidade de pessoas necessárias para romper o equilíbrio e constatamos que estávamos mais próximos do que nunca de transformar mera discordância com o governo em revolta.

Temos uma tendência a considerar fatos anormais como se fossem coincidências, e é possível que sejam, mas, para um matemático, é viável traçar uma linha reta entre o inesperado e a realidade. No dia posterior ao término da fórmula, o povo de Paris se investiu de coragem e invadiu esta aberração a que chamam de Bastilha. Simone, ao nos contar a novidade, disse que, na liderança do movimento, a moça da taberna gritava que, sim, era possível derrubar o rei, era possível sonhar.

Passamos a viver tempos tormentosos. A revolução se disseminou como a peste negra. As pessoas espalhavam as notícias e cada vez mais acreditavam que conseguiriam resolver os problemas do mundo. A autoridade do rei desapareceu, assim como a sua cabeça. Os nobres passaram a ser caçados. Ninguém mais se sentia protegido; a justiça se tornou vingança, virando um conceito tão elástico que um homem podia ser justo ao amanhecer e ir dormir como o maior verdugo da pátria. Tribunais populares eram feitos e dissolvidos. Ninguém mais sabia no que acreditar, seja em Igreja, seja em rei ou seja em demônio. Os revolucionários cresciam em número de forma exponencial, e logo saques, estupros e mortes tornaram-se habituais.

Quando percebemos que a nossa fórmula, nossa linda e pacífica fórmula, estava no âmago de tamanho terror, tivemos a consciência de que era necessário acabar com a revolução. Entretanto, para desfazer os efeitos da equação diabólica outrora criada, somente outra no sentido contrário seria capaz de anulá-la. Precisávamos achar uma anti-equação. Jean Baptiste, Simone e eu passávamos as manhãs fingindo agir como cidadãos responsáveis, enquanto as tardes eram consumidas no porão da casa de Simone, tentando chegar à escorreita fórmula capaz de mostrar como uma revolução terminava. A comida tornava-se cada vez mais escassa. Traidores eram diariamente apontados em cada esquina. Qualquer encontro era pretexto para as mais diferentes acusações, e eles estavam cada vez mais perto.

Ontem, não encontramos Jean Baptiste durante a manhã. No início da tarde, eu e Simone nos encontramos no porão. Não sabíamos onde estava nosso amigo, mas a sombra sanguinária da revolução espreitava cada passo suspeito, e existe algo mais criminoso do que a matemática? Simone estava com o semblante magro de quem não dormia há muitas noites. Recolheu todos os papéis e, ao sair, seu abraço tinha gosto de uvas e de despedida. 'É melhor não nos encontrarmos mais', e foi embora.

Sei que os soldados não tardarão a chegar. Hesito entre esperá-los armado ou ceder ao conforto da morte pelas minhas mãos. Tenho medo de sentir dor. Não tenho a coragem de Jean Baptiste. Deixo como legado ao mundo a história deste amor que uniu três jovens, abrindo caixas que mesmo Pandora recearia se aproximar."

Roman ergueu os olhos. Julien voltava para a sala, uma xícara entre os dedos; o cheiro enjoativo de Earl Grey se espalhou por aquele mundo branco. Senhor presidente, as notícias não são boas: seis governos caíram nesta noite, pelos mais variados pretextos, e mais quatro estão na iminência de um golpe, entre eles, Irã e Mianmar. A Alemanha mandou chamar o exército para proteger o palácio presidencial. Metade do mundo ainda está no outro fuso e, quando começarem a acordar, a revolução será inexorável. Corpos mutilados de ministros, presidentes e reis espalham-se por todos os lugares. Cada governo que cai contagia o povo de outro país. A fórmula virou um algoritmo, alguém colocou na internet. É possível prever com precisão o quão próximo ou distante de uma revolução se encontra determinado local, e este é o estímulo que faltava para o pessoal se organizar em grupos rebeldes.

O presidente não sabia o que fazer, mas, ainda assim, perguntou o que mais lhe preocupava: estamos seguros aqui na França, não é? Julien suspirou: desculpe, senhor, mas o seu governo caiu algumas horas atrás. Eu lhe trouxe aqui por que está em suas mãos o poder de salvar o mundo, mas, desculpe, seu governo não pode mais ser ajudado. Com as mãos em súplica, Roman caminhou na direção do bibliotecário, então, diga-me, o que posso fazer para deter esta hemorragia revolucionária?

Os dois trocaram um olhar. Julien bebeu um sutil gole de chá e abaixou a cabeça. Roman recuou um passo, a voz quase imperceptível, eu não sairei vivo desta sala, não é? O bibliotecário mexeu a mão, espantado, senhor presidente, não pense assim, claro que sairá vivo daqui, jamais tocaria no senhor. Uma pausa repleta de atrito invisível, e Julien continuou: contudo, o soldado que está na porta desta sala, ele sim irá matá-lo. Não sei se será cruel, espero que seja rápido e que a misericórdia dite as suas condutas, mas provavelmente irá entregar o seu corpo – tomara que sem vida – para a fúria das multidões reunidas em torno do palácio de governo neste momento. Ah, é possível também que arranque a sua cabeça, coloque-a em um poste e as pessoas façam fila para cuspir no senhor, mas, sinceramente, desconheço os limites da imaginação alheia. Roman levou a mão ao pescoço, quase conseguindo escutar o estremecer das paredes sacudidas por gritos distantes de ódio. E minha mulher? E meus filhos? Julien colocou a mão sobre o ombro dele, lamento, senhor presidente, mas, no momento em que o senhor foi acordado, os seus filhos já estavam mortos. Quanto à sua esposa, assim que vocês se separaram, ela foi assassinada. Pedi ao soldado para que não fosse cruel, para que desse um tiro na sua cabeça ou a degolasse com um único golpe, pois sempre gostei da dona Marie.

Roman ajoelhou-se e vomitou. Assim que voltou a força das pernas, notou que o bibliotecário lhe estendia um papel: o que é isto? Os olhos pequenos de Julien brincavam com a fumaça do Earl Grey. É a cura para a epidemia, senhor presidente. O antídoto para evitar que aconteça o mesmo que sucedeu à Revolução Francesa, ou seja, mais de 100 anos de confusão, de conflitos e de milhares de mortes. Não sabemos o nome da pessoa que escreveu o texto com a fórmula, pois não lembrou de assinar o manuscrito, mas, com base nas informações prestadas, identificamos Jean Baptiste Surreaux e Simone Desmond. Descobrimos, ainda, que Simone não morreu naquele dia. Foi levada pelos revolucionários e ficou recolhida na prisão por dois meses, sofrendo todos os tipos de abusos e torturas. Ao sair, estava com um olho vazado, com sífilis e coberta de cicatrizes, restos de chibatadas e de queimaduras. É espantoso que tenha sobrevivido por tanto tempo. Trancou-se dentro de uma casa e, antes de se matar, deixou este discurso.

 O que está escrito aqui? Julien sorriu, apesar de Roman sentir ondas de tensão batendo no prédio, tentando esboroar a segurança da biblioteca secreta: senhor presidente, Simone nunca desistiu de trabalhar em uma maneira de terminar com a revolução. No meio das violências que sofreu, ela mantinha a sua mente no universo dos números, procurando uma maneira de neutralizar o demônio que invocou com os seus amantes. Conseguiu chegar a uma resposta, provavelmente a mais complexa fórmula já feita, pois não conseguimos vê-la, só sabemos que transformou números em palavras, sinais em pontuação, equivalências em comparações, improbabilidades em cortes abruptos, a direção do cálculo em narradores díspares. O texto não parece fazer muito sentido – é uma receita de bolo com toques surrealistas –, mas ela precisava escapar da vigilância dos revolucionários para transmitir o contraveneno. De acordo com o que esperamos, essa fórmula criptografada demorará algum tempo para fazer efeito. Ainda assim, será suficiente. Afinal, Simone não teria motivo algum para nos enganar, não é?

 Roman endireitou-se. Precisava manter a compostura, apesar de todo o seu pensamento estar voltado para uma maneira de escapar do algoz que lhe esperava e das suas vontades nada republicanas. O que preciso fazer? Julien coçou a orelha: hum, esqueci-me de lhe explicar. Uma das especificações no discurso deixado por Simone é que alguém precisa lê-lo em voz alta e se tornar o mártir necessário para catalisar o seu efeito. Por isso, senhor presidente, eu tenho aqui uma câmera para lhe filmar e, assim que a última palavra for proferida, colocarei o vídeo na internet. O senhor salvará o mundo. Pena que somente eu e meus colegas bibliotecários saberemos. E, se lhe serve de consolo, lamentamos muito a forma com que os fatos se desenrolaram, e prometemos nos comportar com mais cautela no futuro.

 Com o discurso na mão, Roman sentiu as pernas novamente fraquejarem, mas Julien lhe amparou. O bibliotecário viu a pergunta não feita nos olhos do outro e disse, com a voz gentil que se usa para acalmar uma criança ou para ler um livro raro, não é sua culpa, senhor presidente. São os ônus do poder: às vezes, é necessário dar o sangue pelo país. Em outras, a cabeça. O senhor foi o presidente da nação na hora errada. Podia acontecer com qualquer um. Julien guiou-lhe até uma extremidade da sala, e a sua voz estava plena de tristeza e de uma má disfarçada empáfia quando disse, o senhor realmente devia ter vindo conversar comigo quando lhe convidei, mas agora é tarde. Ainda que nunca seja tarde demais para um chá! Quer uma xícara? Tenho certeza de que o soldado não vai se importar se demorarmos mais alguns agradáveis minutos antes que ele se torne o seu carrasco. Nunca falta tempo para um pouco de conduta civilizada. Deixe-me ligar a câmera e, ah, claro, tente sorrir quando falar o discurso: afinal, é o seu rosto que nunca mais esqueceremos, assim como o de Mussolini ou o de Hitler ou o de Luís XVI. Melhor lembrar do seu sorriso do que da sua cabeça toda cuspida em um poste.

# Efemeridade

O mundo é formado por um sem-fim de eventos apavorantes. Desde que viu o documentário da National Geographic em um sábado suarento, Paulo deixou de ser o porteiro simpático conhecido dos moradores do prédio. Toda vez que seus olhos fechavam, surgia a imagem de corpos besuntados livrando-se da quente prisão, o espanto de quem enxerga o mundo pela primeira vez, membros desconexos encontrando a funcionalidade. A insônia tornou-se uma constante na sua vida, e Paulo gastava horas refletindo sobre o desespero de se saber efêmero, a angústia de estar vivo e morto ao mesmo tempo. Por mais que tentasse, não conseguia esquecer cena tão horrível: sabia muito bem o que representava, ora, nunca faltara nas aulas de Biologia no colégio, não era bobo. No entanto, nunca refletiu a respeito, e a verdade o atingia como uma bofetada, ainda mais ao saber que aquilo ocorria todos os dias em diferentes lugares do mundo sem ninguém dar atenção.

Na esquina da rua, existia um playground modesto, com grama alta, onde as crianças corriam de um lado para o outro, brincando de pega-pega e esconde-esconde, enquanto as babás trocavam maledicências nos bancos ao sol. Paulo começou a frequentar o parque, vendo-as brincar por entre a relva, suaves, bonitas, vivas. Aquela visão o perturbava, e normalmente ele voltava às pressas para o prédio, liberando o choro ainda no elevador. Elas eram tão pequenas, tão fortes! Não era justo que Deus intercedesse, realizando aquela pantomima gosmenta, tirando-as do limbo para a eternidade, uma vida de feiura e um segundo de beleza, uma existência de arrastos para um momento de voo, não era justo.

Em uma noite, sai de casa. Embebeda-se para esquecer. Ao voltar, detém-se para mijar no parque e cai na relva. Permanece imóvel, fecha os olhos e, quando os abre, está dentro da superfície rugosa, nadando em líquido quente, tendo diante de si um anjo de asas vermelhas e antenas. Pensa em cemitérios e borboletas, caixões e lagartas, tenta sorrir; contudo, não possui mais lábios. Deixa de pensar, e tudo com o que se preocupa é o que vai fazer nas suas últimas vinte e quatro horas.

## Ivan Ilitch, o paciente da cela 5

De todos os pacientes sob nossa observação, o que mora na cela 5 – ou Ivan Ilitch, como preferimos chamá-lo – é o que desperta maior perplexidade. Não são poucas as enfermeiras que se recusam a entrar no local, dizendo que existe algo estranho no olhar dele, "uma sombra que baila sorrindo, um demônio na escuridão", nas palavras da enfermeira Sônia (já demitida). Eu estive com o paciente e confirmo: é grande o desconforto de estar diante de um homem cujo corpo está presente, mas a alma não, alguém que olha o seu interlocutor como se ele fosse um verme sem nome. Ivan Ilitch transmite a sensação de que espera algum acontecimento e, enquanto isso, contempla a vida ao seu redor com a curiosidade mórbida de um entomologista diante do inseto alfinetado.

Ao contrário da vivacidade cheia de histrionismo da paciente da cela 7 – Elizabeth Bennett – ou da fúria obsessiva do ocupante da cela 14 – Ahab –, Ivan Ilitch prefere o silêncio. Sentado na cama, a coluna ereta, ele pode passar horas fitando a parede (o recorde atual é um dia e meio sem se mexer). Como é de costume nos nossos prédios, o quarto não tem janelas, para impedir eventuais distrações, mas asseguramos manter a rotina do dia e da noite com a melhor iluminação artificial encontrada no mercado. Garantimos a ausência de som graças às últimas descobertas em matéria de vedação sonora, mas existem ruídos traiçoeiros espalhados por tudo, desde o raspar dos talheres no prato até o estalar involuntário de ossos. Os nossos convidados não têm mais autorização para usar o pátio e os seus belos jardins, desde o infeliz encontro entre o paciente da cela 13 (Pierre Menard) e o paciente da cela 29 (Dom Quixote) e a tragédia sucedida. Apesar das denúncias de maus-tratos que às vezes surgem na mídia, todos são muito bem atendidos e ninguém tem nada a reclamar.

Ivan Ilitch é um dos pacientes mais antigos. Eu trabalhava na instituição quando ele chegou. Testemunhei a sua surpresa ao acordar e ver-se em uma cela de quatro metros quadrados, dotada de uma cama, uma privada, um chuveiro, duas mudas de roupa marrom e, sobre o travesseiro, um livro: "A morte de Ivan Ilitch", de Tolstói. Presenciei todas as fases que o paciente da cela 5 ultrapassou: da incompreensão à raiva, da fúria à negociação, das dúvidas às súplicas e, enfim, o momento em que ele leu o livro pela primeira vez.

É possível dividir a trajetória do paciente em dois segmentos distintos: a sua reação ao saber que estava preso e, em seguida, o contato estabelecido com o livro deixado sobre o travesseiro. O segundo segmento é mais interessante. Primeiro, o paciente leu o livro com rapidez, esperando explicações para o que estava vivendo. Em seguida, leu com maior vagar, procurando algo nas entrelinhas. Depois, realizou algumas leituras em voz alta, como se estivesse decorando o texto e a cela fosse um arremedo de sala de aula. Cada pessoa que entrava ouvia trechos de Tolstói, pois o paciente acreditava conseguir a liberdade se demonstrasse a sua memória, algo que nunca foi o nosso objetivo. Quando viu que não dava resultado, ele culpou o livro pela existência da cela e o rasgou, jogou na parede, cuspiu, defecou em cima e até mesmo o devorou. Nunca existiu somente um livro. A nossa gráfica faz uma edição própria, consistindo em 1000 exemplares absolutamente iguais, e o livro sempre aparecia intacto após a destruição do anterior. Ivan Ilitch inutilizou 217 livros. Uma quantidade baixa, considerando-se, para efeitos de comparação, que Aureliano Buendía destruiu 429 exemplares, Martín Fierro acabou com 670 livros e Orlando Furioso aniquilou 911 cópias, atitude que foi inclusive objeto de um estudo apartado.

Levamos algum tempo para quebrar as resistências do paciente da cela 5. Seria necessário procurar nos vídeos, que mantemos no arquivo, o dia exato em que ele leu o livro de verdade. Não sabemos se o homem esquecera um detalhe, se queria entender alguma parte mais nebulosa da história ou se não tinha nada com o que se ocupar e resolveu passar o tempo lendo. Sabemos que, um dia, o paciente leu o livro pela primeira vez, de verdade, sem outro pensamento que não fosse a fruição, o sentir-se parte da história. Em seguida, passou algumas horas deitado, pensando, e leu a obra novamente. As filmagens mostram o homem concentrado no livro, esquecendo-se das enfermeiras, da comida, da cela, refugiado nas páginas do exemplar. Às vezes, ele falava sozinho; em outras, os olhos vagavam entre as letras como se lembrassem de algo. A professora Maria Denise Soares, especialista em língua russa, destacou o fato de que, no início, o paciente falava os nomes russos de forma errada, mas aprimorou a pronúncia até dizê-los sem nenhum erro. Infelizmente, fomos forçados a afastá-la do projeto quando insinuou que, ao murmurar trechos do livro em voz baixa, o paciente estava falando outro idioma que não a língua portuguesa. Os vídeos, contudo, são incapazes de precisar o instante exato em que a personalidade construída durante tantos anos foi deixada para trás. O momento decisivo em que o paciente da sala 5 fechou os olhos – e Ivan Ilitch os abriu.

Essa é a pior fase. Não foram poucos os pacientes que não resistiram à perda da individualidade e acabaram não mais se reconhecendo, com consequências catastróficas. Todos sabem o que aconteceu com o Padre Brown, com o Axolote, com Emma Bovary. Eram personagens fortes demais para um ser humano comum. No entanto, ao invés da revolta, da raiva ou do medo, Ivan Ilitch se refugiou no silêncio e na contemplação irrestrita da parede da cela. As poucas pessoas que ficam na frente dele acabam encontrando a indiferença, os olhos dissecantes, os dedos que cofiam um bigode imaginário. Antes, existia curiosidade em saber como seria quando a personagem assumisse as rédeas do homem, mas, nos tempos atuais, o sentimento geral é de medo.

Constituímos uma equipe de psicólogos para entender o ocorrido com Ivan Ilitch, mas eles não conseguiram romper o seu mutismo. O homem parece saber mais do que os outros. Existe uma corrente teórica que deseja criar uma comissão interdisciplinar, unindo psicólogos e teóricos da literatura, pois assim seria possível analisar e curar Ivan Ilitch. Enquanto nos perdemos em discussões, ele nos contempla com o olhar vazio de quem sabe que não será decifrado. O olhar de um homem-bomba, a expressão indescritível de quem morreu muitas vezes.

A razão de estar pedindo mais verba para o nosso projeto é que as coisas tomaram um vulto inimaginável até semanas atrás, antes do despertar de Ivan Ilitch. Existia um motivo para ele estar morto dentro do livro, só não sabíamos qual. O que era para ser um projeto pioneiro de controle da criminalidade escapou ligeiramente do nosso controle, mas ainda temos chance de reverter. Espocam rebeliões. Encontramos uma bomba dentro da privada de Romeu; interrogado, ele indicou que um dos Buddenbrook foi quem ajudou a construí-la. Não sabemos nem ao menos como eles se comunicaram. A ala infantil é a mais instável, desde que Tom Sawyer e Oliver Twist juntaram forças. Descobrimos livros sendo contrabandeados para dentro da instituição e reforçamos a vigilância.

Enquanto o nosso sonho se torna cada vez mais instável, Ivan Ilitch continua sentado na sua cela. Não sei qual o segredo que ele carrega. Talvez eu devesse ter estudado mais literatura antes de me aventurar neste projeto, mas é tarde demais para pensar nos equívocos. Tenho receio de que tudo seja parte de um plano maior e eu acabe preso em uma cela, com algum livro misterioso a me enlouquecer lentamente. No entanto, confio na inteligência do governo que represento, ainda que não tenha entendido o porquê da remessa de um gigantesco cavalo de madeira para adornar os nossos jardins, e é por tal motivo que mando a presente carta, despedindo-me com as saudações de praxe.

# Eu, cidade infinita

As mitologias não nascem; elas surgem, rasgando o tecido da realidade como fontes de água cristalina que precisam aliviar a pressão, confessar-se para o ar. Quando me contaram a história pela primeira vez, eu não acreditei. Foi necessário que mais três pessoas a confirmassem, através de relatos isentos, para considerá-la não real, mas possível. Existe um homem que vaga pela cidade, esgueirando-se pelos seus cantos, deslizando por becos que poucas pessoas conseguem entrar, arrastando-se por locais rarefeitos que mal permitem a sobrevivência. Este andarilho encontra, mas não é encontrado; ele busca algo que só saberá quando achar. Alguns disseram que era uma lenda urbana; outros, que era um fantasma, o resquício de um eco que insistia em bater de parede em parede à procura de paz. Ninguém nunca falara com ele, mas a sua presença era um incômodo que insistia em perturbar a violência e a inconstância das ruas da cidade, com a lembrança de que, apesar de tudo, ainda existem pessoas que caminham por aí sem serem interrompidas e nem mesmo questionadas.

A narrativa era atraente. Jornalistas vivem de histórias estranhas, de desvios do padrão. Ninguém se importa em ouvir o quão chata é a sua própria vida, com cachorro, contas, apartamento, esposa, sexo e rotina. Todos gostam de imaginar uma existência diferente de todas; de serem únicos. Sonhei com a ideia de encontrar o desconhecido e entrevistá-lo, tentar entender as suas motivações e, quem sabe, relatar algumas das maravilhas e horrores que ele provavelmente testemunhara naqueles anos de caminhada anônima, incessante. Uma ponta de despeito também se insinuou na minha decisão; sonhava em desmistificar a lenda, transformá-lo de novo em homem. Ambicionava matar o ídolo, revelar seus pés de barro antes de derrubá-lo na lama dos comuns. O desejo de destruição pelo simples prazer de destruir é o mais humano de todos.

Quatro pessoas relataram a existência do andarilho. Pedi para que todas ficassem atentas e espalhassem o meu desejo de encontrá-lo, alertando-me assim que ele fosse avistado. Ninguém foi capaz de descrevê-lo de forma adequada; a sua aparência era vaga, indeterminada ou, como um amigo confessou com exasperação após minha insistência, era como se uma nuvem estivesse sempre passando sobre o seu rosto. Era assustadora a ideia de que seres amorfos e sem características especiais possam transitar de forma impune. Todos se acham únicos nas suas excrescências e qualidades, e era inquietante imaginar que, para várias pessoas, podemos não passar de um batom, um sorriso de canto de lábios, um nariz com espinha, um chumaço de pelos escapando da orelha. Andaríamos no meio de indefinições e incertezas, rodeados por um mundo que se constrói e se desvanece dentro de cada olhar. Sufoquei essas preocupações, mas elas continuaram por perto, placas tectônicas que poderiam irromper a qualquer momento.

Minha rotina tornou-se a caça do andarilho. Ficava em casa, esperando as ligações, preparado para sair a qualquer momento. Às vezes, os contatos demoravam dias, e eu consumia as horas tomando café, jogando videogame e comendo macarrão instantâneo. Contudo, em algumas ocasiões, os telefonemas se sucediam, enquanto o desconhecido surgia em diferentes pontos, espocando como um *flash* cansado e, depois, desaparecendo na obscuridade. Por ser um especialista na arte de se desvencilhar, o homem se deslocava aproveitando-se dos vácuos da cidade, das áreas por onde ela respirava com seus bueiros malcheirosos, suas lajotas esquizofrênicas, seus suspiros de grama, suas ranhuras. Assim que recebia as ligações, dirigia-me para o bairro onde o desconhecido surgira e caminhava pelas suas alamedas e avenidas, observando o movimento dos pedestres, tentando adivinhar, no gesto alheio, o arrepio da descoberta, o brilho mortiço no olhar daquele que esconde segredos. Não tive sucesso.

Em alguns momentos, duvidei da existência desta criatura, cheguei a imaginar ser vítima de uma peça muito bem arquitetada por meus adversários. No entanto, à medida que os dias passavam, de tanto caminhar pelas ruas, percebi que existia uma espécie de presença anímica percorrendo a cidade, aquele aglomerado de moradias cortado por ruas e vielas em que o sangue era representado por pessoas e seus movimentos inconstantes, irrequietos. Ela era um organismo pulsátil, repleto de vontade própria. Eu conseguia escutar os seus movimentos, e podia jurar que era a cidade quem se deslocava em gestos lentos, paquidérmicos, e não seus habitantes. Todos os atos dela eram justificados; os crimes, horrores e pequenas esperanças faziam parte da sua essência. A cidade sonhava os homens que moravam no seu interior. Não éramos reais, somente partes minúsculas de um todo que não compreendíamos.

Não conseguia mais ficar preso no meu apartamento. As ruas me chamavam e, por uma questão de comodidade, passei a caminhar pela cidade, o celular sempre à espera da ligação redentora. Tinha a ilusão de que, mergulhando no espírito daquela besta de muitas cabeças, fosse mais fácil localizar o andarilho. Confiava no acaso, esse deus irônico que regula as vidas humanas com seu jogo de dados viciados. Em algumas vezes, estive muito perto do outro. Quando eu chegava ao local por onde ele passara, ainda era possível sentir a sua presença, o seu rastro, como se ele ficasse me esperando durante algum tempo e, frustrado, fosse embora.

Caminhando com olhos atentos para o deslize da realidade, sempre à procura desta sombra, encontrei centenas de pequenos dramas. Eram tragédias e comédias em constante alternância; a mesma situação que fazia rir em um dia, no outro despertava soluços de angústia. Quando se prestava atenção, percebia-se que as pessoas, assim como as casas empilhadas de uma cidade, eram compostas por várias outras pessoas diferentes, que se acumulavam sobre a sua pele como as infinitas Troias se propagam no tempo. Incomodava-me que, aos poucos, os limites e nomes das ruas começassem a se apagar da memória. Sabia, de forma instintiva, onde elas estavam, mas as ruas pareciam tornar-se um bloco indivisível, como se todas fossem somente uma. Entender uma alma tão voraz era a garantia de perder a minha voz, a minha singularidade, desvanecendo no meio daquele coral enlouquecedor de seres humanos, naquela balbúrdia cada vez mais universal.

Certo dia, não lembro mais quando, notei que meu celular não tocava há algum tempo, pois estava sem carga. Eu sobrevivia dos restos; sabia onde encontrar comida, bebida, cama. O andarilho era cada vez mais impreciso, cada vez mais etéreo. Entretanto, nunca pareceu tão próximo. Para encontrá-lo, eu precisava perder mais, me sacrificar por inteiro. E começou a desenhar-se, no horizonte das ideias negras, onde a luz da sanidade existe como o resíduo de um sol morto, a terrível resposta para a pergunta que eu nem sonhava existir. Assim como o homem, aquele pensamento se esquivava de mim, que o perseguia em círculos concêntricos dentro da cabeça, enquanto o corpo exaurido singrava as ruas da cidade atrás do seu sonho, atrás do objetivo. Os pés rachados me levavam para dentro do eterno, e eu percebia que todas as cidades eram a mesma, pois elas se comunicavam entre si; eu podia dobrar uma esquina de São Paulo e entrar em um *boulevard* de Paris, eu podia ver a quina de uma marquise de Lisboa e ouvir o cicio de uma fonte de Madri.

Não lembro o instante exato em que esqueci meu nome, mas ele desapareceu em algum viaduto. A consciência de ser alguém coletivo tornava-se cada vez mais palpável. Não era mais só um homem, eu pertencia a uma dinastia de seres anônimos que surgiram desde os primeiros agrupamentos humanos. Era a coesão de pessoas díspares, as células que se afagavam e se agrediam dentro de um corpo. Meus poros, bueiros por onde água aflorava. Minha pele, lajotas fatigadas depois de tantos pisões. Eu era o louco excluído, a besta invisível. Ao meu redor, milhões de olhos indiferentes me cercam, presos dentro de um amálgama repleto de vozes cacófonas. Eu sou o segredo que ninguém deve saber, a angústia que somente um ser sem limites pode carregar. Eu sou a Cidade.

Ontem, escutei que um homem está à minha procura. Ele ainda não sabe, mas eu também anseio por encontrá-lo. Em alguma esquina, em alguma rua que não mais recordo o nome, em alguma praça cansada, eu o espero. Contudo, não consigo encontrá-lo. Não consigo, não consigo.

# Mercúcio deve morrer

*"Quanto mais eu refletia, porém, acerca da ousada, elegante e judiciosa engenhosidade de D.; acerca do fato de que o documento devia estar sempre à mão, se ele pretendia empregá-lo para um bom fim; e acerca da comprovação decisiva, obtida pelo comissário, de que a carta não fora escondida dentro dos limites da busca usual daquele dignitário – tanto mais eu me persuadia de que, a fim de ocultá-la, o ministro havia recorrido ao inteligente e sagaz expediente de não procurar escondê-la."*
Edgar Allan Poe, "A carta roubada".

No ano em que chegamos à vigésima apresentação de "Mercúcio deve morrer" – e ao vigésimo ator que atinge o ápice da sua vida interpretando o sublime papel de si mesmo –, é com alegria que recebo a incumbência de escrever um texto em comemoração a tal efeméride. Os leitores que acompanham a minha trajetória como crítico de teatro sabem a extensão do carinho que tenho por "Mercúcio deve morrer". Fui um dos primeiros defensores da peça, encantado com o frescor que trouxe para uma expressão artística que teve os seus estertores de glória ainda na Antiguidade clássica, sofrendo um processo paulatino de vulgarização, com breves momentos de luminescência, até chegar aos sofríveis dias atuais, em que qualquer pessoa se identifica como ator e chamam qualquer mínima pantomima de teatro. No decorrer destes vinte anos, assisti a todas as apresentações e posso garantir, com a devida modéstia, que não existe ninguém mais abalizado para tratar da peça do que o crítico conhecedor dos seus meandros, curvas e traiçoeiros arcabouços.

Ninguém sabe a identidade do autor de "Mercúcio deve morrer". Após as primeiras apresentações, com o surgimento de inúmeras polêmicas sobre a necessidade de estabelecimento ou não de limites éticos para a arte, não foram poucos os repórteres investigativos que perseguiram a nascente de onde surgira tal trama, por alguns considerada "bestial", por outros, "magnífica".[1] À medida que os anos passaram, diminuiu a preocupação com a identidade do autor. Não precisamos saber a origem da voz, e sim que ela existe. A figura do criador, com a sua veleidade de pele e sangue, somente atrapalharia a fruição do texto, da mesma forma que uma incômoda sombra se interpõe entre a lâmpada e o livro. O autor é falível e frágil, o texto não, e o sonho de cada escritor deveria ser morrer tão logo a obra venha ao mundo, pois nada mais deverá ser dito. Nos tempos atuais, acostumamo-nos à ideia de que o texto existe apesar do seu autor, não por causa dele, e, assim, "Mercúcio deve morrer" atingiu o *status* das grandes narrativas anônimas do mundo, como o Malahabaratha, a Bíblia ou a Epopeia de Gilgamesh. Deixou de estar presa aos seres humanos para virar parte dos mitos.

O surgimento de uma peça acéfala no meio de um mundo repleto de vozes ansiosas por destaque revela-se ainda mais singular quando nos debruçamos sobre a trama. A sua singeleza é constrangedora. Não acontece nenhuma ação significativa e, como o teatro se constrói graças à mobilidade e ao dinamismo, uma peça em que quase não existem movimentos ou imposturas é uma contradição aparente. Os mais importantes preceitos teatrais são ignorados de forma acintosa. "Mercúcio deve morrer" é uma peça que não acontece nos limites estreitos de um palco, mas dentro da ilimitada cabeça do espectador. Sobre o tablado, Mercúcio não discute somente a validade da sua existência, mas se torna o involuntário porta-voz de todos os seres humanos, imersos nesta angústia de se saberem os vencedores em uma corrida de espermatozoides na qual não pediram para participar e, ainda assim, venceram. Não foi à toa que Anton Simianov declarou que "Mercúcio deve morrer" é uma abominação, uma peça obscena, defendendo a sua imediata extirpação do mundo. Como não achar desprezível o espelho capaz de escancarar a incômoda verdade, de que não temos importância alguma, que somos criaturas que só existem graças à conjunção de sorte com destreza em um fugaz

---

[1] Três anos atrás, movido pela curiosidade, fiz uma listagem dos possíveis autores da peça de acordo com a imprensa: cheguei a sete dramaturgos famosos, oito pessoas desconhecidas, dois demônios, quatorze atores e um crítico de teatro (sim, eu mesmo). Também tentei encontrar o misterioso autor, mas parecia que, a cada pegada autoral na areia da praia da criação, a minha passagem a apagava de forma indelével, irrecuperável.

momento? Somos pouco diferentes de alevinos. Esgueiramo-nos pelo mundo até o instante em que, assim como Mercúcio, enfrentaremos a inevitável – e única – questão humana: só existimos para reservar a cadeira para outro. Não passamos de figurantes na grande história da vida. O único sentido da existência é esperar o fim; somos meras vírgulas, nunca pontos finais.

Uma grande parcela das objeções apresentadas a "Mercúcio deve morrer" decorre da tentativa de levar a peça para a televisão. No imaginário coletivo, ainda se faz presente o apoteótico momento em que o ator mais querido do Brasil morreu diante das câmeras. Ninguém foi capaz de prever a reação violenta que sucedeu tal evento. Na época, a transição de uma peça de teatro famosa para a televisão era um passo evolutivo natural, mas descobrimos – e da pior forma possível – que nem tudo que funciona nas fronteiras acanhadas de um teatro pode ser absorvido pela tela indiferente da televisão. Quando assistimos ao drama de Mercúcio no palco, a sua morte não só parece evidente como se torna imprescindível. Envolvidos pela voz do ator e pela atmosfera da encenação, o debate de Mercúcio com Aliena, com Beatriz e com Heitor revela-se uma busca por sentido. Entretanto, na televisão, o embate filosófico foi atenuado pelos efeitos especiais e pelos cortes da edição. A cena derradeira, longe de representar a epifania esperada, revelou-se de uma canastrice sem fim, aparentando ser uma maneira desajeitada de atingir a maior audiência possível. O espectador viu os cordões das marionetes sendo movidos, e não gostou da tentativa de lhe enganarem.[2]

Existe um motivo para "Mercúcio deve morrer" só ter sido apresentada em vinte oportunidades até a presente data, sempre no mesmo teatro e cidade. Ela não é uma peça; é uma celebração. Os 250 espectadores são escolhidos de forma randômica por um programa de computador, recebendo os

---

2  Muitas hipóteses foram tecidas para esta discrepância de apreensão estética por parte do público no teatro em relação ao público televisivo. Com certa arrogância, a televisão tende a se considerar como a melhor forma de exposição para qualquer artista. No entanto, o seu constante aperfeiçoamento em busca da mais incrível *willing suspension of disbelief* também a transforma no meio mentiroso por excelência. Além disso, a televisão, com seus inúmeros *replays* e *slow-motions*, esquece-se de um dos princípios mais sagrados do teatro e de qualquer manifestação humana: a irrepetibilidade do momento. A sensação, misto de angústia e alegria, de que o momento vivido só acontecerá naquele segundo, não no anterior e menos ainda no posterior, e quem perder nunca mais terá a capacidade de presenciá-lo da mesma forma.

convites individuais algumas semanas antes. Os convites são intransferíveis, e não existe lógica alguma na plateia formada para dia tão especial: faxineiros podem sentar ao lado de políticos, prostitutas ao lado de crianças. Reunidos nas parcas dimensões do Teatro Municipal Wakefield, os homens e mulheres rendem homenagem ao que nos faz mais humanos: a representação. Para tanto, oferecem, como sacrifício ao Deus do Teatro[3], a vida do seu melhor ator[4]. Não pensem que esta é uma homenagem inconsequente. Ela é objeto de discussões durante o ano que separa uma apresentação da outra. Centenas de pessoas submetem os seus currículos, esperando a honra de serem escolhidos como aquele que morrerá em nome de toda a Humanidade. Quando acontece, o nome do homem ou da mulher que interpretará o personagem de Shakespeare percorre a mídia. A pessoa é imediatamente isolada para o momento que vai coroar a sua carreira: quando, sobre um palco, terá que discutir qual o valor da sua vida, até reconhecer que o ser humano por trás do ator ou da atriz é engrenagem em uma gigantesca máquina sem propósitos, e que morrer é o único destino aceitável para quem está vivo.

    A estrutura da peça é simples, bem como o seu cenário. Começa – como tudo – com Shakespeare. No primeiro ato de "Mercúcio deve morrer", a Cena IV do Ato II de "Romeu e Julieta" é reinterpretada de forma integral na frente dos espectadores. Não são poucas as análises que consideram a criação de um espaço intersticial dentro de uma peça de teatro já existente como uma derivação da trama original, o que implica afirmar que toda história possui brechas por onde se imiscuem e se misturam outras histórias[5]. A reinterpretação de uma cena destacada do contexto da

---

3  Não Dioniso. O verdadeiro Deus do Teatro.

4  Como também pode ser uma atriz, existe uma forte tendência atual a buscar uma palavra que congregue todos os gêneros sem ser exclusiva de um deles. A crítica Susana Amorim sugere "representante". Sobre tal assunto, sugerimos a leitura da sua tese de doutorado, "Mercúcio era Mercúcia: Estudos de Gênero e Ampliação Morfo-sintática Assimilativa e Não-Exclusivista em 'Mercúcio Deve Morrer'".

5  A ideia de que cada cena em cada livro já escrito pode ser aberta e incluir uma história nova, passível de ser retirada a fórceps, apesar do seu alcance revolucionário, gerou um sem-fim de bobagens, desde escritores que, inconformados, resolveram terminar histórias já existentes do jeito que melhor lhes parecia (deveria ser preso o senhor Eduardo A. de Alcântara, que mudou os finais dos contos de Julio Cortázar dizendo ter a pretensão de

peça de Shakespeare demanda uma extrema habilidade do ator ou da atriz para quem foi atribuído o papel de Mercúcio. Ele literalmente pega o trem da narrativa em movimento, e precisa erguer a montanha de um personagem, com suas idiossincrasias, medos e peculiaridades, no meio do deserto inóspito da incerteza.

Ultrapassada esta etapa de ambientação do ator com o seu personagem e do público com a sua vítima, Mercúcio abandona o palco com Benvólio e, assim, damos início ao drama. No segundo ato da peça, Mercúcio entra em uma taberna, ainda excitado pelos eventos anteriores de "Romeu e Julieta". Com a sua característica expansividade, pede um copo de vinho, que é servido de imediato. Tão logo entrega a taça para Mercúcio, o taberneiro retira-se em silêncio do palco, gerando o primeiro momento de estranheza. Por qual motivo o dono da taberna foi embora?[6] Uma corrente de análise afirma que o taberneiro seria uma alegoria da Morte e outra afirma que ele seria uma representação fantasmal de Shakespeare[7], o que nos permite concluir que, quando não está usan-

---

terminar com o "defeito maior do autor argentino", qual seja, a sua inabilidade de terminar histórias, defendendo a tese de que era mais Cortázar do que o próprio Cortázar original) até aqueles que estragaram a nobreza de personagens clássicos da literatura tentando explicá-los (caso de "Capitu, a adúltera", em que Capitu aproveita os momentos em que está longe dos olhares de Bentinho para flertar e transar com boa parte dos personagens machadianos). Mas também gerou bons momentos literários, como "Morte em Pemberley", de P. D. James, em que os personagens de "Orgulho e Preconceito" de Jane Austen passam a figurar em uma história policial.

6    Essa foi provavelmente uma das decisões autorais mais arriscadas da peça, não a imolação pública contida no seu último momento. "Mercúcio deve morrer" ainda se apoiava, hesitante, na credibilidade auferida por este clássico que é "Romeu e Julieta". A sua verossimilhança – a aparência de verdade – ainda não estava formada no espírito do espectador. O fato de o taberneiro desaparecer do palco após servir Mercúcio poderia destruir a peça toda, pois, e aqui cito Simon Orveuilel, "qual a credibilidade que podemos dar para um taberneiro que abandona o seu próprio estabelecimento com um cliente no interior? No mínimo é um péssimo taberneiro. Se o espectador questionar tal evidência, veria os fios manipulativos que ligam os dedos invisíveis do autor aos desideratos e condutas dos seus personagens e, assim, a peça inteira seria uma falsificação, pois basta uma pergunta sobre a verossimilhança de uma única cena para desmoronar por completo o castelo de cartas da narrativa".

7    No original de "Mercúcio deve morrer", o taberneiro é descrito como "um homem alto, de feições nervosas e olhos angustiados".

do os seus personagens, o autor os deixa tomando bebida em um bar imaginário[8], esperando o momento de voltarem ao protagonismo. De minha parte, não sigo nenhuma das correntes. A interpretação que faço é utilitarista: o taberneiro abandona o palco porque a função dele na peça acabou. Continuar na cena transformaria o personagem em um estorvo e, por tal motivo, o autor optou por retirá-lo das vistas do público, impedindo que a atenção dele se desvanecesse[9].

Mercúcio é deixado sozinho no palco por sete minutos. O marcador de tempo é preciso no original: sete minutos, nem mais, nem menos. Deixarei de lado as inúmeras explicações numerólogas, simbólicas e cabalísticas que tentaram interpretar o sete, pois mereceriam um estudo à parte. Não existem especificações do que o personagem pode fazer neste período, que é aparentemente curto, mas parece durar uma eternidade. Não podemos esquecer que Mercúcio possui 250 pares de olhos presos em cada gesto seu. O silêncio sombrio do teatro é rompido por ocasionais sussurros, pigarros ou até mesmo uma eventual risadinha de nervosismo. Após refletir sobre esse momento, concluí que a plateia se torna parte da representação, pois está realizando o velório de uma pessoa ainda viva[10]. Todos sabem qual é o final da peça,

---

8   Não preciso nem mencionar quantas bobagens literárias originaram-se desta possibilidade, com escritores de habilidade questionável criando bares imaginários em que personagens da Literatura Mundial se encontram para tomar cerveja, vinho ou suco. No entanto, algumas pérolas se destacaram pelo seu valor intrínseco em meio a esta cloaca criativa. Entre elas, destaco "Um drinque no Inferno", de Michel de La Montagne (só pode ser pseudônimo), escrito em pentâmetro iâmbico, em que Dante e Virgílio andam pelo Inferno tomando porres homéricos e reveladores com personagens da literatura clássica e acabam esquecendo-se de Beatriz para assumir um inusitado amor homossexual, e "Perto das estrelas, longe do céu", de China Miéville (com certeza outro pseudônimo), no qual personagens de Bradbury, de Asimov e de Clarke tomam chá em Marte e discutem grandes questões filosóficas sobre o avançar tecnológico.

9   Aos que desejarem se divertir, sugiro a leitura de "Tabernas e literatura", de Oswald Springer, cujas 1.600 páginas passam com rapidez à medida que o leitor descobre como a literatura nasceu nas tabernas malcheirosas do mundo, para onde constantemente retorna. Nas folhas 1341 a 1346, o autor faz uma interessante análise de como "Mercúcio deve morrer" só poderia acontecer em uma taberna.

10  A minha interpretação não representa a opinião majoritária. Por questão de justiça, ressalvo que a hipótese mais seguida é a do padre Estevão Pacciano: a plateia simboliza a

e aproveitam aquele momento de introspecção para realizar uma despedida silenciosa do ator que está diante deles. Uma espécie de último tributo ao talento que lhe trouxe até o palco, para coroar o auge da sua carreira através de um extraordinário enterro viking.

A ausência de indicações do que deve acontecer nos sete minutos permite que os atores improvisem. Não há mais nada a perder, nem reputação, nem dinheiro. Estão no momento culminante de muitos anos de ensaios e apresentações, muitos anos de teatros repletos de mofo e de pagamentos ínfimos. O mundo inteiro, enfim, se curvou e reconheceu o seu talento. Deve ser uma sensação inebriante. Sobre o palco, o ator pode fazer o que bem desejar e ser quem quiser, inclusive ele mesmo. As reações são as mais diversas possíveis. Alguns atores permanecem em silêncio, contemplando nenhum lugar em específico, provavelmente recapitulando a sua vida até aquele instante de glória. Outros fazem discursos improvisados sobre os mais variados temas. Alguns passaram os sete minutos recordando dos seus entes queridos ou rezando. Inesquecíveis foram as performances de Bianca Fialho Fordin, que passou o período todo chorando, e de Antônio Soares, que, ao melhor estilo de Shakespeare, improvisou um inspirado monólogo como se realmente fosse Mercúcio.

Decorridos os sete minutos, entra no palco Aliena Ivánovna, interpretada nos últimos vinte anos com bravura e vigor ainda juvenil por Maria Theresa Luminara. Depois de tanto tempo interpretando a personagem de "Crime e castigo" de Dostoiévski, o papel incorporou de tal forma na persona da atriz que não conseguimos imaginá-la em outra pele ficcional. Nos primeiros anos de apresentação de "Mercúcio deve morrer", Maria Theresa tentou realizar outros trabalhos, mas as suas produções viraram fracassos. Em algum momento, ela desistiu da carreira e decidiu isolar-se em um sítio nos arredores da cidade, longe do olhar dos fãs e inacessível a entrevistas. No dia da peça, a atriz sai da sua casa e é conduzida até o teatro, protegida por um grupo de seguranças que mantém os curiosos distantes. Tão logo a apresentação termina, Maria Theresa sequer espera os aplausos consagradores,

---

multiplicidade do olho de Deus sobre o universo (o palco do teatro), enquanto que o homem (ou mulher) diante dela representa o humano pecador em vias de ser julgado.

saindo do teatro imediatamente e voltando para o sítio, do qual só sairá no ano seguinte[11].

Assim que Aliena Ivánovna entra no palco, ela enceta um diálogo com Mercúcio. Assisti a todas as apresentações, e uma das razões do meu eterno espanto é a capacidade da peça, apesar de ser sempre a mesma, também apresentar diferenças e evoluções de um ano para o outro. A conversa dos dois personagens, por exemplo, possui nuances inesperadas; algumas vezes ela foi soturna e, em outras, jocosa e leve, quase como um bate-papo despretensioso entre amigos que não se viam há algum tempo. No entanto, o seu conteúdo é sério: no papel de arauto do destino, Aliena anuncia para Mercúcio que, se ele retornar para a peça de onde acabou de sair, irá morrer. Diante do pasmo do outro – que não só se acredita o centro da trama teatral como o personagem mais importante, mais engraçado e mais bonito[12] –, ela explica que o personagem foi enganado pelo seu criador. Ele só existe, e só é daquele jeito, para que o público sinta empatia antes da sua morte. Fornece a sua própria criação como exemplo – Aliena Ivánovna só era uma personagem execrável para que o público justificasse o motivo do seu atabalhoado assassinato. Mercúcio apresenta seus argumentos, tentando ver erros na lógica da russa, mas, com

---

11  Quatro anos atrás, uma empregada indiscreta concedeu entrevistas para programas populares de variedades, afirmando que, no intervalo de tempo em que estava isolada, Maria Theresa interpretava exaustivamente o papel de Aliena Ivánovna, desde o momento em que acordava até a hora em que ia dormir. A julgar pela minha recordação do relato – os vídeos contendo tal entrevista foram retirados da internet por violação de copyright –, Maria Theresa não fazia aquilo que os atores costumam chamar de "imersão", que seria "vestir" a pele do personagem ficcional por meio do estudo incessante da sua época e de outras particularidades, de acordo com o método Stanilavski que Tchekhóv tanto abominava. Ao contrário, a atriz acreditava que Dostoiévski não conhecia a sua personagem, que somente Maria Theresa a entendia e sabia como ela era. Não seria tão absurdo afirmar que Maria Theresa achava que Dostoiévski tinha se inspirado nela para criar a ficcional Aliena Ivánovna, apesar de mais de 150 anos separarem o criador da sua suposta musa. Não temos como saber da veracidade de tal declaração, posto que a empregada desapareceu algumas semanas depois desta série de entrevistas, e não houve muito interesse em encontrá-la.

12  MERCÚCIO:
Imaginava eu que a peça melhor seria se chamada "As desventuras de Mercúcio" ao invés de Romeu e cotovias tratar!

firmeza, ela reitera que o rapaz tem a opção de não voltar para o palco e fugir, mas, se retornar, irá inevitavelmente morrer.

Mais do que uma conversa entre um homem e uma mulher, ou entre personagens, os espectadores presenciam um embate entre dois sistemas diferentes de filosofia: de um lado, o pragmatismo cruel e pessimista de Dostoiévski; do outro, a vivacidade algo exagerada e dramática de Shakespeare. Dois monstros sagrados da literatura duelando entre si. Ambos os personagens foram criados com o propósito único de serem assassinados. Não são o centro do universo, mas o elemento em torno do qual ele irá orbitar. A função de Aliena Ivánovna é convencer Mercúcio de que a representação é mais importante do que a existência e, em determinadas circunstâncias, a morte deixa de ser uma opção para tornar-se um imperativo[13].

A velha sai do palco, arrastando-se, deixando para trás um Mercúcio reflexivo. O germe da dúvida foi plantado no seu espírito: se a vida dele é o preâmbulo da história de outro, por que existir então? Ele caminha pelo palco, e a plateia sente o nervosismo – do personagem e do ator – espalhar-se em ondas concêntricas. Entre as mais interessantes opiniões que escutei sobre esse momento, encontra-se a de Barbara Coutinho: "o espectador, assim como Mercúcio, interroga-se sobre a qualidade dos fios que sustentam a sua vida; pergunta-se o que acontecerá no dia em que o controlador das marionetes cansar de manobrá-lo".

Quando Beatriz surge em cena, um suspiro unânime toma conta da plateia. Depois da tensão do encontro entre Aliena Ivánovna e Mercúcio, é um alívio ver uma moça entrar jovialmente no palco, sorridente, uma lufada de ar dentro de uma tumba antiga. Os critérios para a escolha da mulher que interpretará Beatriz são tão misteriosos quanto as inúmeras teorias que cercam tal decisão. Depois de 20 anos me deslumbrando com sucessivas Beatrizes (pois é um papel para ser feito uma vez na vida), entendo que a sua intérprete é escolhida por alguma pessoa misteriosa que passa um ano

---

13  Um raciocínio assaz perigoso segundo Homero Vanzan: "o cerne da peça encontra-se na ideia de que, para Mercúcio, não basta morrer. Ele precisa ser convencido de que o fim da sua existência é somente o levantar de uma máscara; mortos todos estamos debaixo dela. É a máscara que nos dá vida. A morte não só deve ser justa, como um prêmio para o seu bom comportamento, algo que se encontra na essência do próprio pensamento dos suicidas e – por que não dizer? – dos fanáticos religiosos."

inteiro procurando um talento jovem em interpretações amadoras. A moça que representará Beatriz será alçada do desconhecimento absoluto ao maior dos sucessos. Seu rosto se tornará nacionalmente conhecido minutos após o término da peça; a cidade de onde ela se origina irá realizar desfiles em sua homenagem e, durante uma semana, tudo o que o país escutará serão depoimentos e histórias da vida de tal jovem. Interpretar esse papel é garantia de fama, e não serão poucas as mães que colocarão as suas filhas em escolas de teatro desde cedo, sonhando com o olheiro misterioso que pode ou não estar na plateia. Beatriz é uma incógnita, e assisti a várias interpretações diferentes do mesmo personagem[14]. É um mistério da criação como a mesma frase pode assumir tom primaveril em um ano e soar inesperadamente lasciva no outro.

Diferente da visão fatalista de Aliena Ivánovna, Beatriz surge na taberna para defender as vantagens de escolher o momento de sair do palco. Ela conta sobre o amor que Dante sentiu por ela, e como a sua morte no mundo físico foi determinante para a felicidade no mundo da ficção.

Não são poucos os teóricos que consideram o diálogo de Beatriz com Mercúcio uma das partes mais frágeis da peça. Em primeiro lugar, por coerência: Beatriz não morreu dentro de uma trama como Aliena Ivánovna, ela foi uma mulher viva que só virou ficção depois de morrer. Em segundo lugar, pela quebra de ritmo: colocar uma expressão jovial no meio de uma peça de propósitos tão funestos parece uma atitude pueril demais para o autor. Em terceiro lugar, pela inevitável fragilidade da interpretação: estamos tratando de grandes atores e atrizes que, subitamente, se veem forçados a interagir com o frescor da inexperiência. Na feliz imagem de Amilcar Emmerich, "é como um rochedo diante de uma gaivota", e existe uma espécie de desprezo crítico por este segmento de "Mercúcio deve morrer", considerado como uma inteligente estratégia de marketing através do qual se insere um rosto desconhecido no meio de uma produção de sucesso[15].

---

14  Entre as 19 Beatrizes, impossível esquecer a Beatriz sedutora e *femme fatale* na versão de Márcia Lopes e a Beatriz virginal levada aos palcos por Suzana "Su" Castro.

15  No entanto, existe a opinião diametralmente contrária, no sentido de que "Mercúcio deve morrer" é uma peça construída para viabilizar somente o diálogo de Beatriz com o jovem veronês. De acordo com essa visão, todos os demais segmentos e diálogos foram meros pretextos, neblina que visava a conduzir o público para o centro da peça, justamente o encontro

Apesar das minhas ressalvas e discordâncias pessoais, sou um purista. Defendo de forma integral a cristalinidade do texto. Se o autor colocou o diálogo entre Mercúcio e Beatriz dentro da peça, deve ter um motivo para tanto. Pode ser um critério estético, pode ser uma vontade infantil, pode ser como o parafuso distante que não damos importância no conjunto de uma máquina, mas cuja ausência poderia destruir todo o equilíbrio do sistema. Pois uma história também tem a ver com desníveis, com precipícios, com incompreensões, com atitudes que não tomaríamos e que, ainda assim, foram tomadas e devemos respeitar.

Pensando por este ângulo, as fraquezas apontadas no diálogo entre Beatriz e Mercúcio podem ser justamente as razões da sua existência. Colocar a juventude ainda imberbe para discutir com a sabedoria de alguém que se encontra no auge da carreira é lembrar a este os benefícios daquela; dentro da sua experiência, ainda se encontra o jovem que encarou plateias ao redor do mundo. Lembrar que, no fundo da sua memória, ainda mora o mesmo arrepio da primeira vez. A plateia presencia o inesperado diálogo entre maturidade e inexperiência, entre aquele que vai morrer e aquela que está iniciando a sua jornada. Quando Beatriz fala para Mercúcio das vantagens de se morrer no auge para, então, ser eternamente lembrada, mais do que uma tentativa de mostrar algum consolo para o outro, também está falando da inexorável roda

---

da musa de Dante Alighieri com a imortal criação de Shakespeare. De forma quase messiânica, comparam o surgimento da diáfana Beatriz à aparição da Virgem Maria, e interpretam todas as suas falas pretendendo ver o infinito que se esconde por trás de cada frase. Não suficiente, alguns consideram que a primeira Beatriz – Constança de Carmo, tragicamente falecida em um acidente de carro menos de dois meses depois de encantar a todos com a primeira interpretação de Beatriz – como sendo a verdadeira paixão do desconhecido responsável pela autoria da peça, assim como o primeiro Mercúcio – Juan Carlos Amorim, um brilhante ator com intentos suicidas – seria o seu rival por dito amor. Os poucos defensores dessa hipótese acreditam, assim, que "Mercúcio deve morrer" é o resultado egoísta e brutalmente brilhante de um triângulo amoroso, em que um homem (ou mulher) escreveu a peça com o nítido propósito de idolatrar a mulher amada (Constança) e matar o seu único rival (Juan Carlos). Apesar de parecer uma opinião muito simplista – a ideia de alguém escrever uma peça de teatro com o propósito único de seduzir uma mulher e, ao mesmo tempo, assassinar o adversário – deixa entrever uma vacuidade moral tão nefasta que não pode ser verdadeira. Outrossim, ressalvo esta opinião para fazer justiça aos seus defensores, mostrando que revelo mesmo as opiniões das quais discordo.

da vida, que, com o seu girar, quebra ossos e esmigalha recordações, transformando-nos, com sorte, em uma lápide de cemitério.

Apesar de os críticos objetarem que Beatriz não era um personagem fictício que foi assassinado em uma trama, a sua presença se justifica pelo movimento oposto: Beatriz é a mulher aprisionada na ficção, alguém que saiu do mundo real e foi aprisionada nas redondilhas de uma história. Em última análise, ela está no pior dos suplícios do Inferno: como Sísifo, Beatriz carrega a pedra da história morro acima a cada vez que um leitor abre a "Divina Comédia", sentenciada a jamais descansar. Foi eternizada pelas palavras do florentino, sim, mas a qual custo?[16] Sua morte física foi decisiva para atingir a perfeição, e a presença dela mostra que o pior tipo de imortalidade é, ainda assim, uma forma de imortalidade[17].

É Beatriz quem pressente a chegada do último ator, lançando um olhar para o extremo do palco, onde até então estava uma mesa abandonada em meio ao escuro. Não existe intervalo na ação, como ocorreu nas outras oportunidades, motivo pelo qual Schumenann, Korpic e Menegazzi consideraram Beatriz e Heitor como faces da mesma moeda, não vendo dois diálogos distintos, mas ambos fazendo parte de uma única sequência[18].

---

16  BEATRIZ: Gentil Mercúcio, lembrada sou / das musas a escrava preferida / sonho com o cânhamo / que dormita no esquecimento / mas minha jornada se renova / das musas a mais desgraçada / dos sonhos o mais pérfido.

17  "A morte (ou sua alusão) torna preciosos e patéticos os homens. Estes comovem por sua condição de fantasmas; cada ato que executam pode ser o último; não há rosto que não esteja por dissolver-se como o rosto de um sonho. Tudo, entre os mortais, tem o valor do irrecuperável e do inditoso. Entre os Imortais, ao contrário, cada ato (e cada pensamento) é o eco de outros que no passado o antecederam, sem princípio visível, ou o fiel presságio de outros que no futuro o repetirão até a vertigem. Não há coisa que não esteja como que perdida entre infatigáveis espelhos. Nada pode ocorrer uma só vez, nada é preciosamente precário." (Jorge Luis Borges, "O Imortal").

18  Pode parecer uma questão de somenos importância, mas, levada às últimas consequências, também implicaria em afirmar que Heitor é a versão masculina de Beatriz, tal qual um espelho distorcido. A unidade narrativa do diálogo entenderia que um personagem faz sombra ao outro, e ambos só existem como complemento, não como oposição. Compreensível cautela cerca tal ideia: aprofundar-se nela nos forçaria a rever toda a História da literatura ocidental não mais como a sucessão de tramas que encantaram gerações, mas como reles sistema de freios e contrapesos entre personagens.

Impossível esquecer o momento em que os dois personagens colidem, que inicia na sua saudação, no reconhecimento mútuo de vítimas que os une como irmãos de sangue[19]. A plateia não assistirá a uma simples conversa entre dois personagens, mas a um instigante debate entre duas concepções de narrativa distintas. Shakespeare e Homero, assumindo a forma de duas das suas criações mais queridas, Mercúcio e Heitor, terçam armas sobre um palco, debatendo uma das mais antigas questões que afligem os seres humanos: o sentido da vida seria simplesmente morrer?

Estranha sina persegue a pessoa que interpreta Heitor. Apesar de ser um dos maiores papéis na peça, de importância equivalente – quiçá maior – a Mercúcio, ele é especialmente temido. Existe uma superstição de que interpretar Heitor em "Mercúcio deve morrer" seria como Ícaro se aproximando do sol, ou seja, flertar muito de perto com a loucura, correndo o risco de ser chamuscado por ela. O homem ou a mulher que representar esse papel também precisa aceitar a ideia de que ele será a última fronteira entre a vida e a morte, e das suas palavras resultará inevitavelmente um cadáver. Não pode ser uma decisão inconsequente. Ser Heitor não é ser um guerreiro troiano, mas o carrasco de outra pessoa, aquele que irá cortar os últimos laços que o unem à vida. Não à toa é um dos papéis mais difíceis de serem aceitos. Entretanto, apesar de tais dificuldades, sempre existem pessoas dispostas a testar uma superstição. Faz parte da natureza humana desafiar superstições, bem como de ser engolida e triturada por elas[20].

---

19    HEITOR:
Mercúcio, que não tem pai.
MERCÚCIO:
Heitor, domador de cavalos.
HEITOR:
Possa a tua Musa ser mais forte que a minha.
MERCÚCIO:
Não discutamos os bocejos das Musas, e sim a argúcia dos homens.

20    Existem motivos factuais para acreditarmos em dita "superstição". Os homens e mulheres que interpretaram Heitor acabaram sofrendo consequências. Alguns viraram alcoólatras, outros viciados, outros ainda acabaram sendo internados em diferentes casas mentais e ainda teve um que foi segregado pela sua própria família. O primeiro Heitor – César Carneiro – desapareceu misteriosamente, e eu acredito que nunca existiu Heitor tão perfeito quanto ele e

Depois de Aliena Ivánovna alertar Mercúcio de que ele irá morrer para que a trama tenha seguimento, e após Beatriz falar sobre a imortalidade das histórias em relação ao mundo físico, Heitor apresenta o argumento final: assim como a borboleta, a vida inteira não passa de prenúncio da morte. O personagem só existiu para deixar de existir, e a única questão relevante se torna a forma com que tal morte acontecerá, se de forma indigna ou gloriosa. Com a voz cansada que (imaginamos) os mitos devem possuir, Heitor diz que sempre soube que morreria por Troia. A sua verdadeira opção nunca foi existir, e sim como iria morrer[21]. Poderia ser de cem maneiras diferentes, mas escolheu morrer da forma mais épica possível, aos pés de Troia, acompanhado pela família e pelos olhares daqueles que amava, diante do maior guerreiro que o mundo já teve[22].

Enquanto Aliena Ivánovna e Beatriz plantaram as sementes, cabe a Heitor fazer germinar a compreensão no espírito de Mercúcio. Para que a peça – e o próprio mundo – tenham sentido, ele deve morrer. Se continuar existindo, condenará a peça à irrelevância. Viverá mais algum tempo, sim, beberá, falará seus gracejos, brincará e até mesmo se distrairá prometendo duelos e brigas, mas será uma criatura vazia. No entanto, se permitir a aproximação da morte, Mercúcio nunca será esquecido, e o seu fim catalisará os

---

a sua extraordinária verve, que fez mais a fama de "Mercúcio deve morrer" do que o próprio Mercúcio. Convencer uma pessoa a morrer acaba afetando psicologicamente quem realizou tal tarefa, que se sente tão responsável quanto a pessoa que puxa um gatilho, como alguns estudos acabaram comprovando. Contudo, nunca estudaram a influência que a personalidade magnética de Heitor pode causar a um espírito humano; um personagem tão forte não pode ser interpretado de forma condigna por qualquer pessoa, pois a nobreza e a força de Heitor estariam em um estágio além do humano. Afinal, existem motivos para Homero ter escrito a Ilíada não como uma peça de teatro, e sim como poema épico; certos papéis não nasceram para serem interpretados, e sim lidos.

21  "My lifestyle determines my death style".

22  Um interessante paradoxo surge neste momento. Para justificar a morte de Mercúcio, Heitor lança mão do famoso dilema de Aquiles, seu assassino: o que valeria mais, uma vida longa e uma morte esquecível ou uma existência breve com uma morte gloriosa? Por meio deste argumento, Heitor deixa entrever que, enquanto Aquiles escolheu a forma com que viveria (breve), coube a Heitor decidir a forma com que iria morrer (gloriosa). Vítima e assassino, assim, possuem o mesmo destino.

acontecimentos que o levarão à imortalidade. Heitor usa o seu exemplo: enquanto todos imaginam que a "Ilíada" conta o cerco de Troia pelos gregos, na realidade tal história é somente um pretexto para narrar a morte de Heitor. No futuro, quando as pessoas falarem de "Romeu e Julieta", entenderão não como a trama boba de dois adolescentes apaixonados, mas, sim, como a detalhada descrição da morte de Mercúcio e de como ela foi decisiva para o conflito final.

É importante que o ator não só entenda a sua participação na peça, como o fato de que o seu sacrifício voluntário e gracioso determinará o curso dos acontecimentos. Raskólnikov só foi corroído pela culpa por ter matado Aliena Ivánovna; Dante só desceu ao mundo inferior porque Beatriz morreu; Troia só caiu porque Heitor deixou de lutar. Da mesma forma, Romeu e Julieta só farão a sua história de amor trágico existir se Mercúcio morrer e desencadear o conflito final entre Capuletos e Montecchios. Existem personagens que nasceram para morrer, e é a sua morte que dará algum sentido ao mundo[23].

Nesse instante, a plateia percebe que Heitor não está mais falando do personagem Mercúcio, mas do ator que lhe dá voz. Cabe a ele escolher a própria morte, e morrer sobre o palco, no auge da representação, é o sonho de qualquer artista. É o momento único em que representação e vida cruzam as suas linhas paralelas. É possível que, aqui, o público entenda: nunca estivemos falando de Mercúcio. Ele foi a moldura exata para dar alguma dignidade para o fim de um ator. O nobre de Verona, o mais arguto e vibrante dos amigos de Romeu, é o pretexto encontrado para matar alguém real.

Mercúcio sai da taberna, passo acelerado. O cenário se desfaz com rapidez e, de súbito, estamos na Cena I do Ato III de "Romeu e Julieta". Mercúcio e Benvólio entram no palco, e nós nunca veremos um Mercúcio como aquele que sabe que vai morrer diante da plateia. Suas frases e gracejos – as mesmas descritas por Shakespeare – revestem-se de desesperada contundência;

---

23   No xadrez, a jogada equivaleria ao "Sacrifício da Dama", momento em que, para forçar o outro lado a entrar em xeque ou para assumir uma posição nitidamente vantajosa, o jogador cede a sua rainha para o adversário. É perder a luta agora para vencer a guerra depois. Uma das manobras mais arriscadas de se realizar no xadrez e, em "Mercúcio deve morrer", equivale à noção de que, para a peça inteira ter sentido no mundo, não existe solução que não seja a morte do ator. Um sacrifício em prol da verossimilhança da trama. *Quid pro quo.*

é inesquecível ver tanta ironia e tanta ousadia em um só homem. Arrepiada, às lágrimas, soltando gritos de espanto, a plateia torna-se parte indissolúvel da representação, à medida que vê o fim de Mercúcio se aproximando de forma invencível. É uma experiência única, que só posso comparar àqueles acontecimentos que jamais se repetirão na vida fugaz de uma pessoa, como acompanhar o nascimento de uma nebulosa ou a sensação que acomete um pai ao ver o filho pela primeira vez.

Quando Teobaldo[24] crava a sua espada em Mercúcio, o Teatro Municipal Wakefield experimenta uma sensação de arrebatamento única. É como se uma bomba explodisse dentro de cada pessoa; alguns se erguem, outros gritam, outros choram, outros levam as mãos à cabeça, outros aplaudem. É possível que, em nível ainda de percepção, a plateia entenda que não era Mercúcio quem precisava ser convencido, e sim eles, os espectadores. A peça de teatro foi pretexto para um assassinato não desejado, mas cuja vítima foi convencida a morrer e, detalhe mais escabroso, com o apoio entusiástico das testemunhas, que perdoam o assassino, eis que este nada mais fez do que seguir o papel ignominioso que a vida lhe destinou.

Contudo, a morte de Mercúcio não é imediata. Ele ainda possui algumas responsabilidades antes de quedar silente, e a dedicação dos atores agonizantes a essas últimas falas é enternecedora. Vemos cada detalhe da morte, sabemos que ela irá acontecer e, ainda assim, não acreditamos no que enxergamos, apesar de parecer tão verossímil, tão real. Quando Mercúcio brada a famosa frase final, usando as suas últimas forças, "Malditas sejam vossas duas casas!", e a luz desaparece do palco, o silêncio absoluto é a única reação possível[25].

---

24  Um detalhe interessante que só surgiu na primeira apresentação de "Mercúcio deve morrer": o ator que interpretou Heitor foi o mesmo responsável por Teobaldo. Primeiro ele convenceu o ator da viabilidade do seu sacrifício e, em seguida, o assassinou no palco com a sua concordância, diante dos olhares de 250 pessoas. Tal multiplicidade de papel nunca mais foi reprisada, mas gera uma interessante possibilidade metafísica, pois Heitor se vinga da sua derrota em Troia matando aquele que seria o guerreiro mais destemido de Verona. Primeiro matou o espírito; depois, acabou com o corpo.

25  José Francisco Botelho sintetiza bem a cena: "A praga de Mercúcio representa uma epifania recorrente na acidentada história da prudência humana: o momento em que, no calor de um conflito ou no estrépito de uma discussão, advém um súbito clarão de ceticismo, revelando que todos os lados estão igualmente errados, ou que são identicamente daninhos. À

Está feito. Mercúcio deveria morrer para que "Romeu e Julieta" existisse, e o personagem deu a própria vida pela história de amor perfeita.

Durante semanas, "Mercúcio deve morrer" tornar-se-á o tópico favorito das conversas. Entrevistarão boa parte dos felizardos que testemunharam a peça, tentando colher algo das suas impressões, as quais sempre parecerão incapazes de expressar o que seus olhos viram e os ouvidos escutaram. A vida seguirá o seu curso até a próxima apresentação, que acabará por gerar a mesma ansiedade.

"Mercúcio deve morrer" chega ao seu vigésimo ano de existência com a mesma vitalidade de quando começou. Muitas razões podem ser indicadas, mas, para mim, que estive no começo, o sucesso da peça encontra-se na sua capacidade de comunicação com o que existe de mais primitivo em um ser humano, a pergunta essencial que evitamos, a qual pode ser resumida em duas palavras: "por quê?".

No espaço exíguo de um palco, vemos um homem ou mulher ser confrontado com o paradigma da própria existência. No passado, para apaziguar os deuses no caso de um desastre natural, era costume oferecermos a vida de um jovem como preço justo para manter a nossa. Quando oferecemos o pescoço de Mercúcio em sacrifício, damos a ele a opção de expiar os nossos pecados com uma morte gloriosa ou continuar vivendo até o mais absoluto esquecimento. O sangue mancha as nossas mãos; o sangue de todos os inocentes que deixaram de existir para que as nossas histórias pudessem continuar. Aí está a razão do encanto que move a peça: no fundo, todos nós precisamos matar algum Mercúcio para que tenhamos propósito neste circo – ou palco – a que se convencionou chamar de Humanidade.

---

alma solitária e raivosamente lúcida, resta apenas praguejar contra Montéquios e Capuletos. "Malditas sejam vossas duas casas!" – quantas vezes, em nossa vida, não nos seria útil recorrer à maldição de Mercúcio?".

# O silêncio

Nada se move, mas tudo oscila. Não conseguimos ver as vibrações, as descargas, os atritos que deixam o mundo trêmulo, mas eles estão aí, espalhados para quem, como eu, sentou-se na beira do lago acompanhado de um livro, que paira sobre o meu colo, instável, contendo um universo repleto de viabilidades. É forte o convite ao sono: a temperatura agradável do final de tarde, as folhas do ipê que se despegam em uma chuva cheia de preguiça, a placidez das pequenas ondas. O livro pede para ser aberto, sorvido. Resisto à sua súplica, contenho a curiosidade. Na outra margem, um casal está sentado em um banco de madeira. Eles se encaram. Eu sinto um vulcão nascendo na sombra das duas silhuetas que trocam longo olhar. Imagino o que devem estar pensando, se é que estão pensando em algo ou se, como eu, estão sentados na beira do lago, quase resvalando para o descanso. Sinto-me incomodado ao perceber que os passarinhos não cantam, também paralisados por aquele momento único em que o Tempo parou e a cidade encolheu. O casal se aproxima, leve, e os lábios se tocam. O beijo é limpo, lento – mais uma oscilação naquela tarde já esmaecida. Luto contra os dedos do sono, que insistem em me chamar; enfrento também a sedução do livro sobre o colo. No meio de forças contrárias, sinto-me parte da paisagem, meu corpo vibra no mesmo ritmo do invisível. O beijo do casal se intensifica, consigo ver as línguas trocando carícias e abraços. É bom amar; lembro-me da época em que tive tal experiência, quando meu coração se refugiava na solidão dos lábios da mulher. Sinto saudades de ser importante na vida de outra pessoa. Não amo mais; a morte tirou-me esse prazer, deixando-me sozinho no meio de um mundo repleto de pessoas apaixonadas. Mas, um dia, eu fui jovem e também roubei um beijo, atrás da carroça do circo, com gosto de algodão doce. Será que os jovens se lembrarão desse dia no futuro? Será que o beijo será tão inesquecível quanto o meu foi? Talvez o Tempo pare enquanto as pessoas entregam-se ao beijo; talvez eu seja o intruso no instante especial daquele casal. O sono e o livro, ambos eternos, continuam ciciando as suas possibilidades;

ceder ao sono é deslizar para a escuridão, e o livro me promete esquecimento. Nada se move, mas tudo estremece, tudo arrepia. O beijo se intensifica; mãos sobem pelos corpos em carícias insensatas, eles esquecem o resto do mundo, que também os esqueceu nas margens do lago. O beijo se transforma, saindo do enlevo e indo para o desejo como se esses fossem os passos naturais de uma caminhada. Nunca percebi antes: beijar também é um ato de violência, o combate de duas bocas ferozes em busca de supremacia. Ao meu redor, o verde e o azul desfalecem: quantos matizes de verde existem dentro do verde, quantos tons de azul podem escapar de uma nuvem? Não invejo a juventude do casal. Invejo que eles possam se beijar, sentir a tessitura do outro, o franzir do queixo alheio, a dureza dos dentes espreitantes. Invejo aquilo que já tive e nunca mais terei. Se houvesse decência neste universo, não seria permitido viver mais do que o ente amado. Existir em um mundo sem motivo não é existir, é simplesmente respirar, comer e esperar. Penso em colocar o livro ao meu lado, pois ainda sento na extremidade do banco, deixando o espaço vago para a companheira que não mais existe. Cacoete de velho. Encaro os dedos manchados, os ossos cortantes gritando por baixo da pele, os estremecimentos que me perturbam. Eu também oscilo, sou parte deste mundo hesitante que persiste a girar em uma roda de tormentos. Quando ergo os olhos, o beijo está nos últimos estertores; o encantamento, que virou excitação, agora está retornando para o estado mágico inicial. Os lábios se despegam; a tempestade passou. O livro grita no meu colo, mas o sono se aproxima com o som aveludado de um gato. O casal vira na minha direção e, apesar da distância, reconheço aquele olhar lânguido, quase adormecido, reconheço o suspiro que abandona os corpos. O lago estremece e, ao meu lado no banco, a silhueta de uma impossibilidade se repete nas pequenas ondas. Nunca foram os jovens, nunca foi o beijo; agora sei o motivo de o Tempo ter parado. Fecho os olhos e deixo o sono entrar; o livro cai no chão, onde as formigas terão que lidar com a inconformidade da história não-lida, enquanto tudo oscila e eu paro.

## Um outro sentido

Essa não é uma resenha como a que vocês estão acostumados a ler, mas uma confissão. Talvez um assassinato. Bom, chegaremos lá. Iniciarei, contudo, admitindo meu fracasso: não consegui entrevistar Gustavo Melo Czekster, autor de "Não há amanhã". Os meus sete leitores sabem da dedicação com que resenho livros, visando a indicá-los para possíveis interessados. Não seria um simples "não" que me deteria. Entretanto, não foram poucas as tentativas de reservar uma hora com tal escritor, não foram poucos os "bolos" que essa repórter recebeu, não foram poucos os cafés que esfriaram nas xícaras à espera do Messias, digo, do autor, assim como não foram poucos os telefonemas elogiando, suplicando, chantageando e, por fim, ameaçando o senhor Gustavo. Tudo em vão. Ao final, valeu a frase que ele proferiu ainda no primeiro telefonema: "O que tenho a dizer está no livro, e qualquer resposta minha seria incompleta". Na época, considerei uma declaração de falsa modéstia e, em alguns instantes, imaginei até que pudesse conter um mistério, em especial a segunda parte da frase. Hoje, percebo que Gustavo nunca quis falar comigo. Estava esperando que eu o esquecesse ou cansasse de persegui-lo. Pois falhou redondamente e, se existe um culpado pelo destino trágico que lhe espera, o autor só pode responsabilizar a si mesmo.

É mais prudente começar pelo óbvio – "Não há amanhã" é uma excrescência. Um objeto de puro asco. Uma infâmia que sequer merece as árvores mortas para lhe dar existência. Se o livro fosse um assento, seria aquela poltrona bonita e desconfortável em que o corpo afunda e, depois, ao levantar, acaba se machucando. Se fosse um café, seria o café grego, forte, repleto de dor e de borra, com um destino desprezível no silenciar da xícara. Se fosse uma roupa, seria a túnica entregue por Dejanira para Heracles, ansiosa para queimá-lo até os ossos. Se fosse uma divindade, seria Tefnut, a deusa que cuspiu no chão e criou a Humanidade. Posso continuar assim pelo resto dos tempos, mas acredito que já fui entendida.

Este livro não devia existir e, ainda assim, ele respira nas mãos do leitor. Cada linha dele é uma agressão contra toda a História da Literatura. Ao seu término, estava preenchida pelo ódio, e isso que me considero uma excelente leitora, acostumada a encarar os livros com a indulgência de alguém que conhece escritores e os malefícios da criação. Vocês, meus honrados sete leitores, bem sabem que não sou uma pessoa visceral. Minhas condutas são pautadas pela razão e pelo conhecimento crítico. No entanto, nunca tinha encontrado uma obra que melhor expressasse o absoluto desprezo pelo seu leitor. Um anti-livro, criação feita com o único objetivo de fazer as pessoas se perderem em meio a um bosque sem uma mísera nesga de luz a lhes guiar. Não existe catarse. Não existe epifania. Não existem heróis ou vilões, e nem ao menos uma trama que soe simpática ou algum conto inesquecível. Existem somente letras aglomeradas com o único propósito de confundir, de iludir, de enganar. Seria esperar demais que o autor conhecesse um pouco de teoria literária e os ditames de Aristóteles no seu "Arte Poética", mas, se o filósofo grego estivesse vivo, era possível que usasse "Não há amanhã" como um exemplo daquilo que não se deve fazer em uma obra.

Para não parecer implicância minha, darei exemplos. Gustavo fez um conto sobre esfinges! Existe um motivo para ninguém falar de esfinges na atualidade, em especial depois que Sófocles praticamente desenhou qual era o papel delas na literatura e as prendeu nesta imagem. Ele escreveu um conto sobre a neve! Ora, é impossível – e irreal – que o cair da neve represente as notas de um concerto. Gustavo escreveu sobre cidades que enlouquecem, sobre relógios que sonham, sobre pessoas que se multiplicam, e um conto ainda sobre personagens que se vingam! Nada disso é possível. Se a literatura serve para expressar a redenção e a amplitude do espírito humano, onde se encaixariam contos que não possuem vida alguma, que são meros rasgos desprovidos de pulsão?

Era o que pretendia perguntar ao autor. Imaginava que, ao encontrar referida criatura, seria possível desvanecer um pouco da impressão tão negativa deixada pela sua obra. Ao contrário do que pensam, a crítica literária é um procedimento científico, e meus sete leitores sabem que, além de resenhista, sou uma crítica que gosta de encontrar autores, conversar com eles, encará-los, tocá-los, tentar entender a gênese do seu processo criativo como parte do livro. Autor bom é aquele de quem a gente pode ficar amiga. Tinha preparado perguntas, 38 indagações capazes de quebrar o gelo da minha incompreensão. Imaginava a sua inflexão de voz ao me responder. Pensava que, se o livro saíra de um homem, algum objetivo maior deveria existir; ninguém consegue ser tão desprezível de forma intencional.

    Mesmo tendo a possibilidade de me encontrar para se defender, o escritor optou pelo silêncio. A sua recusa fez crescer a minha certeza: Gustavo não sabe o que faz. Ele escreve sem o propósito de encantar o público ou dar alguma luz para as suas existências sofridas. Suspeito, aliás, que escreve para matar o próprio leitor, afogado no meio de frustrações e de ideias interrompidas.

    Mesmo decepcionada, tentei chegar ao autor de outras formas. Pensei em entrevistar escritores que o conheciam, mas eles também se recusavam a falar comigo quando eu dizia qual era o assunto. Nas ocasiões em que omiti o tema da conversa e tentei, após muitos circunlóquios, abordar o que me interessava, eu via estes escritores se fecharem, os semblantes se tornarem subitamente sérios e o papo ser interrompido de imediato. "Não falo sobre isso", era a resposta mais comum. Em determinados momentos, senti a iminência de uma agressão, o que me deixou convicta de que estão escondendo algo.

    Por causa da resistência dos colegas escritores de Gustavo em abordá-lo comigo, cheguei a imaginar que, talvez, ele fosse uma paródia, alguém criado por esse grupo de artistas para que pudessem utilizar um rosto e uma voz para expressar seus pecadilhos mais insanos. Não foi difícil descobrir ecos das vozes de outros autores e autoras contemporâneos reverberando dentro dos textos de "Não há amanhã". No entanto, descartei a hipótese. Escritores têm tarefas mais importantes para se preocupar do que a criação de símiles.

    Sim, analisei imagens de Gustavo. Não são difíceis de serem encontradas. Como não tinha acesso a ele, imaginei que o seu rosto podia trair algum pensamento, o sorriso disfarçado podia esconder a ironia latente, o levantar de ombros brejeiro podia revelar a sua absoluta indiferença em relação às outras pessoas. Com o avanço da minha análise, percebi que algo não fechava. O rosto dele não combinava com os seus escritos. Como alguém podia sorrir depois de ter escrito "Não há amanhã"? Gustavo não podia ser Gustavo. Considerando-se o que ele escreve, jamais poderia ter aquelas feições. Cheguei a cogitar no uso sistemático de uma máscara, mas deixei de lado a ideia, imaginando os obstáculos que a sua vida social teria.

Após ler "Não há amanhã", insatisfeita, busquei respostas também nos contos de "O homem despedaçado", o primeiro livro que o autor escreveu, e minha confusão só aumentou. Parecia a obra de outra pessoa. Resolvi ler os textos no seu blog (sou a seguidora mais assídua, apesar de meus comentários sobre os textos nunca serem publicados, talvez por causa dos insultos que me escapam às vezes). Li também os seus trabalhos acadêmicos e textos críticos, se é que se pode chamá-los de "textos críticos". Depois de muita pesquisa – tudo para satisfazer vocês, queridos sete leitores –, acabei chegando a uma incrível conclusão: Gustavo Melo Czekster não existe há muitos anos. Para ser exato, desde o momento em que sentou no banco de pedra em Quatro Ilhas, conforme descrito no conto "O sentido".

Não posso identificar a fonte, pois pediu anonimato. No entanto, ela confirmou – e inclusive mencionou testemunhas que, se for o caso, posso chamar em minha defesa – que todos os eventos narrados em "O sentido" são absolutamente verdadeiros. Para quem, como eu, procura a realidade por trás de toda obra de ficção, tais detalhes são um prato cheio. Gustavo esteve em uma barca na qual um homem morreu. Gustavo esteve em Quatro Ilhas. Gustavo sentou no banco em que não deveria sentar. Gustavo conversou com um homem que nunca mais foi visto. Depois desse encontro, ao parar próximo da minha fonte, o escritor apontou para o banco na sombra da árvore e proferiu uma frase marcante: "Ali é um ótimo lugar para achar o sentido de tudo". Sim, Gustavo descobriu a pedra filosofal, a fonte da juventude. Após fazer isto, colocou a mochila sobre os ombros e desapareceu do nosso mundo. Quem está no lugar dele? A resposta é ainda mais interessante, e está na urdidura invisível dos contos de "Não há amanhã". Chegarei lá.

Como o senhor Gustavo achava-se muito ocupado para me encontrar, decidi procurá-lo no seu território, no terreno escorregadio onde ele se desloca. Sabendo que um conto era real, esquadrinhei os cantos da história, vendo as sombras deixadas por cada palavra. Muitas circunstâncias insuspeitas apareceram. A primeira descoberta é que realmente existem locais no planeta em que uma pessoa pode se sentar e atingir o sentido da existência. Não foi fácil encontrá-los. Precisei fazer um mosaico de peças que não encaixavam, colher detalhes quase invisíveis de histórias, caçar fragmentos de pequenas narrativas. Com paciência, tendo o conto como um prisma através do qual pudesse decompor a luz do sol, achei uma série de lugares como os descritos em "O sentido". O banco de pedra esquecido diante de um vale no Santuário de Nossa Senhora do Caravaggio, em Farroupilha, RS. O pátio com um caramanchão sempre florido em Milão, em uma casa abandonada. A cadeira plástica abandonada em um canto do Sacré Coeur, em Paris. A sombra de uma pedra colocada em Stonehenge, na Inglaterra (todas as outras só existem para disfarçar essa única pedra). São locais ao alcance dos olhos e distantes da curiosidade alheia, guardados por um séquito de protetores invisíveis que, assim como no conto, existem para guiar poucos escolhidos à revelação final.

A evolução da minha pesquisa chegou ao conceito de telurismo, locais na Terra em que o magnetismo se concentra. Em torno deles, o planeta articula toda a sua força, são os fios invisíveis por onde a existência respira. É possível que estes lugares, um dos quais descoberto de forma involuntária pelo senhor Gustavo, estejam na origem da energia que os cerca. Não é a pessoa que descobre o sentido de tudo, e sim o magnetismo terrestre que entra no seu interior e a transforma. Não sei exatamente no quê, mas tenho suspeitas.

Utilizando "O sentido" como cunha para chegar à verdade, encontrei a melhor explicação para "Não há amanhã". Ele não foi escrito por alguém de carne e osso como nós conhecemos. Nenhuma pessoa podia ser assim tão cheia de sentimentos falsos, de arremedos de emoções, de fingimentos humanos. Gustavo era um Horla se fazendo de homem. Um fantasma com endereço, CPF e declaração de renda. Quase enganou os outros, mas eu, leitora inteligente, consegui ir além das palavras.

Quando se sentou no banco da praia de Quatro Ilhas, na ânsia de saber qual história podia se esconder naquele local, o autor foi tomado pelo telurismo, que incendiou a sua alma (ou a engolfou para dentro da Terra). Ele se tornou uma criatura sem sentido, uma carcaça a vagar pelo planeta, e os textos que escreve não passam de um câncer que visa a se disseminar pela sociedade até destruí-la. Não é esse o fundamento do câncer: a célula que, certo dia, decide cometer suicídio e todas as outras se inspiram no seu exemplo? "Não há amanhã", com seu título profético, não é um livro, mas uma declaração de ódio à Literatura.

De tanto estudar Gustavo Melo Czekster para escrever esta resenha, de tanto meditar sobre o fato de ele fugir dos nossos encontros, de tanto pensar na conversa recheada de revelações que nós teríamos, de tanto ler e reler a sua obra, descobri qual era o sentido da minha vida: aproximar-me do escritor o suficiente para matá-lo. Ou para amá-lo, que é outra forma de morte.

Não é tão difícil matar alguém. Existem dezenas de maneiras, algumas mais laboriosas do que as outras. Nossa polícia sequer possui um Sherlock Holmes, um Hercule Poirot ou um Auguste Dupin capaz de rastrear meus passos. No entanto, não é suficiente acabar com a raça deste expurgo humano chamado Gustavo Melo Czekster. Na engrenagem de tudo, nesta máquina do mundo a girar, a ausência de uma pessoa faz dolorosa falta – mesmo que seja o Grande Pária do Universo – e, seja lá quem está ocupando o corpo de tal senhor, ninguém poderia descobrir que eu conseguira chegar à verdade sobre ele ser um cadáver com alma. Para tanto, além de matar tal criatura, eu deveria substituí-la, e não consegui pensar em melhor pessoa do que eu para tal tarefa.

Sei o que vocês, queridos leitores, estão pensando: acham que enlouqueci. Mas o primeiro são também é chamado de louco, até que outras pessoas começam a segui-lo. Antes de matar o senhor Gustavo Melo Czekster, eu deveria me matar, e fiz isso aos poucos. Tornei-me cada vez mais eremita. Desapareci dos círculos sociais. Restringi as comunicações com familiares e com amigos. Forjei a ilusão de que estava deprimida: manipulei fotos para ficar mais magra e com olheiras profundas, inventei declarações arrevesadas e de duplo sentido, inscrevi-me em sites de suicidas. Não foi surpresa quando, certo dia, ninguém mais ouviu falar a meu respeito. Todos acreditavam que eu tinha viajado para longe, e até sentiram alívio por me saberem distante. Assim que uma pessoa deixa de aparecer diante dos nossos olhos, ela já some da memória. Pouco mais de quinze dias e ninguém lembra que existimos, a não ser em conversas ocasionais de turmas de faculdade ou como figurantes de histórias bêbadas. Assim como é fácil matar, é igualmente simples desaparecer.

Quando a sociedade deixou de me incomodar com seus anseios infantis por atenção, pude ingressar ainda mais na essência de Gustavo. Estudei Direito, para que nenhum detalhe passasse despercebido. Mergulhei nos assuntos que ele estudara durante o Mestrado em Letras com tanto afinco que creio tê-lo superado. Descobri detalhes familiares e pessoais. Como Gustavo não era uma pessoa que falasse muito a seu respeito, foi relativamente fácil descobrir fragmentos de memórias – e criar outras, distribuindo-as pela internet. Descobri os seus apelidos, as suas vergonhas, os seus medos. Tive acesso ao prontuário médico; analisei as radiografias dos seus dentes na época em que ele usou aparelho ortodôntico. Invadi o seu blog e implantei textos falsos. Ganhei acesso à conta bancária e ao registro no Facebook (a senha era óbvia), e consegui ler todas as suas mensagens, saber onde ele ia, o que pensava, com quem falava.

Quanto à imagem era mais complicado. Eu sou mulher, e Gustavo Melo Czekster é homem. Certos traços fisionômicos e de personalidade são difíceis de mexer. Por isso, ao invés de mudar o meu semblante, decidi transformar o dele, para que se aproximasse do meu. Manipulei as fotos, adelgaçando os seus traços, deixando-os progressivamente mais femininos: um queixo mais sutil, um olhar mais lânguido, um pouco mais de curvas nos quadris. Não sei se Gustavo percebeu, mas a sua imagem pública foi aos poucos mudando, ao mesmo tempo em que eu ganhava peso e massa muscular, que passava a usar lentes de contato verdes e que treinava trejeitos de voz.

Foram meses de dedicação árdua, e vocês, fiéis leitores que ainda seguem este blog de resenhas virtualmente desativado, é possível que tenham estranhado o meu silêncio. Podemos dizer que este texto, mais do que uma resenha ou uma confissão, também é a minha despedida formal do mundo. Isso por que, amanhã, é o dia em que irei matar Gustavo Melo Czekster.

Planejei os detalhes de tal assassinato em todas as suas minúcias. Será no Parque Farroupilha. O horário? Sete e meia. Gustavo é um homem de costumes metódicos, torna-se fácil prever a sua rotina. Pergunto-me qual será a reação dele ao ver, saindo de trás da árvore, uma versão levemente afeminada de si mesmo, mas segurando uma faca. Ele irá gritar? Correr? Sorrir? Conhecendo-o como o conheço – pois agora eu sou mais ele do que eu –, sei que Gustavo imaginará que uma história está acontecendo e a curiosidade lhe impedirá de se afastar. Será vítima fácil para a lâmina; um carneiro abatido por causa de uma boa história.

Em seguida, irei arrastá-lo até a beira do lago que fica no centro do parque, prendendo pedras nas suas costas e pernas. Jogarei o seu corpo no meio do lago e o acompanharei afundando. Na outra margem, os patos mecanizados que as pessoas usam para pedalar nos dias de ócio espiarão tudo com olhos de gesso. Se eles pudessem, ririam da extrema ironia que é um homem que teme patos ser forçado, agora, a tê-los passando sobre os seus ossos pelo resto da eternidade.

Portanto, não haverá amanhã para mim, e, a partir de amanhã, também não existirá outro dia para ele. Estamos em meio a um impasse de amanhãs. Encontro-me tão imersa dentro de Gustavo Melo Czekster que consigo entender o seu livro da forma que nem mesmo ele foi capaz: não como um conjunto de páginas unidas por histórias, mas uma despedida – ou, dependendo do ângulo, como o surgimento de um novo homem. Eu, Gustavo, o verdadeiro, não o impostor que irei matar.

Portanto, se alguma coisa sair errada no meu plano, vocês e toda a mídia saberão. Mas, se acontecer como imagino, a maior prova de sucesso é que Gustavo Melo Czekster ainda estará entre nós. Agradeço a paciência de vocês até esta data e, se desejarem acompanhar a minha produção intelectual a partir de agora, sugiro adquirirem as obras de Gustavo Melo Czekster – ou seja, eu, o seu Leitor Perfeito.

# Tema de Sísifo

Era madrugada quando o último pitagórico acordou. O cicio distante das estrelas e o roçar da noite no vento tinham invadido o seu sonho, deixando-lhe, na língua, o gosto travoso de cerejas ainda jovens. Na parede do quarto, a lua lançava sombras de azul nas crateras do reboco. Tudo se move, sempre, o silêncio se move, e ele viu, na parede, as águas crispadas dos primeiros oceanos na inocência do mundo recém-criado, os esgares de dor dos pingos de chuva ao explodirem, a incerteza do fractal dentro da mais mínima neve. Ergueu-se da cama e atravessou o pequeno quarto com dois passos, rompendo o véu de ar que oprime a realidade. As cerejas ainda assombravam a sua língua. Tinham sabor de infância.

Quando o sol saiu do fundo do mar, surpreendeu o último pitagórico sentado em uma pedra. A luz queimou o orvalho debaixo dos seus pés. Nódoas de vapor quase invisível subiam aos céus e arrepiavam os pelos do homem, enquanto seus olhos azuis descortinavam a harmonia de tudo. Só é livre aquele que obtém domínio sobre si mesmo, e o último pitagórico sentia o Universo inteiro criando distorções ao seu redor. Ele era parte do todo, com as batidas do seu peito, com o suspirar dos pulmões, com a oscilação suave dos cílios. Tudo estava ligado ao seu próprio corpo; o espirro virava um terremoto, a risada um relâmpago.

Passou a manhã inteira ouvindo o mundo. Quem fala, semeia, quem escuta, colhe, e o homem mergulhou na música que rege as mais pequenas coisas, desde o voo hesitante do besouro até o raspar cheio de raiva das folhas de um pinheiro. Era tão belo que, por diversas vezes, ele chorou, e o som das suas lágrimas juntou-se àquela litania repleta de essências, sabores, agruras. Chorou também por saber que a beleza iria terminar. Quando se entra na harmonia, o Tempo desaparece, transformando passado, presente e futuro em um amálgama de sensações.

O sol se equilibrava tímido no firmamento quando ele decidiu se alimentar. Cozinhou um pouco de arroz, observando a alegria com que o cereal se entregava à fervura progressiva da água. Sentou-se na frente da casa e, com garfadas lentas, deixou a perfeição do arroz tomar posse da sua alma. A frugalidade do prato escondia um espírito complexo, que era, aos poucos, acrescentado à sua essência, até que o arroz virasse homem e o homem se tornasse uma criatura de arroz. Com ordem e com tempo, encontra-se o segredo de fazer tudo e tudo fazer bem e, ao final da refeição, o último pitagórico agradeceu ao sol, que acalentara os sonhos do cereal, à chuva, que permitira o seu crescimento, e ao fogo, que lhe dera medo e coragem antes da morte. Ainda assim, o gosto de cerejas continuava empastando a sua boca, remexendo-se na memória.

Acalentado pela brisa marinha, dormiu. Viu a si mesmo quando criança, brincando com os seus amigos e sendo castigado pela mãe – educação pela pedra; educai as crianças e não será preciso punir os homens. Viu as noites passadas com fome, sombras conversando no escuro. Viu a cerejeira, iluminada por tochas. Na corda tesa, o corpo do pai balançava, o rosto arroxeado. Acordou com o susto. O dia ainda estava alto no céu.

Resolveu caminhar na beira da praia. Os pés misturavam-se com o marulhar. Debaixo da sombra de um pinheiro, o banco esperava, a pedra rachando com a maresia enquanto era devorada pelo musgo insidioso. Ao longe, distinguiu as silhuetas dos seus vizinhos. Eles não se aproximariam, preferindo debochar à distância do estranho homem que vivia sozinho na casa mais próxima ao mar. O último pitagórico não se importava; pensem o que quiserem de ti, mas faça aquilo que te parece justo. Um ensinamento tão simples, a base para qualquer tranquilidade com a própria consciência.

Não tardaria a escurecer, então voltou para casa. No caminho, não viu uma pedra e tropeçou. Quase gritou ao ter a súbita certeza: já vivera aquele dia antes. Caminhara na beira da praia, tropeçara na pedra, sentira a mesma dor irradiando-se do seu pé por todas as terminações nervosas. Não havia nada de novo sob aquele sol. Olhou para as silhuetas distantes dos vizinhos e elas eram as sombras de carcereiros, alongando-se ao ponto de não terem mais humanidade. Cuspiu na areia para tirar o gosto de cerejas da sua vida, mas ele persistiu.

Voltou para casa com passos inquietos. O sol transformava-se em uma bola de sangue ao despencar no horizonte. Para todos os lados que olhava, só via números. Espalhados nos grãos de areia, oscilando nas copas das árvores, misturados às gotas de água do oceano. O Universo era formado por números entrelaçados. E por música. A harmonia que tanto apreciara pela manhã agora era assustadora, juntando-se em um coro multifônico de angústias. Tudo ressoava, sempre, tudo se movia, em uma cadeia incessante de estremecimentos. O último pitagórico sentiu-se pequeno. O Universo tentava lhe cuspir como se fosse o gosto residual de cerejas impossíveis.

A confiança da manhã desaparecera. O mundo acumulava-se nas suas juntas, trazendo um cansaço maior do que a própria vida. Sentou-se diante do mar e prestou atenção no último número, o local onde a sua visão embaralhava.

Pitágoras dizia que qualquer pessoa podia libertar a alma através de um esforço intelectual; qualquer um pode ser Deus se chegar à própria Unidade. O espectro das cerejas envenenava a boca do último pitagórico com seu gosto de morte. Lembrou o pai dizendo "não se preocupe, vou trazer umas frutas para você". Estava comendo as cerejas ainda verdes quando os vizinhos chegaram com olhares sombrios, a corda na mão. Recordou do corpo do pai oscilando ao luar e todo o esforço que a sua mãe fez para acalmar a fúria e a culpa que corroíam o seu espírito com dentes cruéis. Recordou o dia em que descobriu as lições de Pitágoras para manter o espírito livre das preocupações. Os estudos solitários, as noites passadas em análise constante dos sentimentos, o mergulho cada vez mais profundo na sua alma, nos seus medos. Tudo para evitar uma pergunta: fui eu quem matei o meu pai?

A vida é como uma sala de espetáculos, em que entramos, assistimos à peça e vamos embora. Estamos escritos antes mesmo de nos sonharem. Aprisionado em um dia que nunca acaba, em uma prisão sem paredes espiada por carcereiros silenciosos, o último pitagórico não sabe mais se é o primeiro homem ou o segundo Deus, não sabe se é vítima ou algoz, se é autor ou obra. Com a culpa consumindo o seu espírito e com as cerejas roendo a sua boca, ele vê começar a próxima noite de toda a Eternidade de um dia, Deus preso na própria armadilha.

## Morra, Lúcia, morra

O sol morria no horizonte e no reflexo dos seus olhos quando recuei um passo e, olhando as pupilas castanhas sendo tapadas aos poucos de cristalino, disse, morra, Lúcia, morra, sem saber se me ouvia, sem saber se falava para ela ou se tentava me convencer. Depois de tantos anos de adulações, a morte chegara, mas não para mim. Poupado, eu via o fim lento da minha companheira, sabendo que aquele era o seu último instante de glória. O olho vermelho da câmera espiava a penumbra do quarto; a emoção do momento podia me cegar de algum detalhe, a câmera era a garantia de que nada seria perdido. As costas de Lúcia se retesaram e ela soltou um uivo estrangulado, repleto de angústia. Por que lutar, meu amor? Não era isso que sempre quis? Morte, nunca uma palavra teve tão delicado sabor como ao deixar o teu corpo. Morte, a sua secreta obsessão, a primeira palavra que você me disse depois de fazermos amor, acariciando as duas sílabas antes de explicar que era assim que os franceses chamavam o orgasmo, *la petite mort*. Pode uma morte ser pequena?, e com essa pergunta você se apaixonou de forma irremediável. Moramos juntos, dividimos sonhos e você me ensinou a gostar da morte, essa senhora vetusta que caminha nos cemitérios lembrando nomes, os passos ecoando por entre túmulos de anjos. Frequentamos velórios, estivemos em missas de sétimo dia, em hospitais. Lembro das vezes em que viajávamos pelas estradas à procura de acidentes com vítimas, você ficava tão feliz. No começo eu não entendia o motivo dessa curiosidade, mas um dia você me explicou que, milésimos de segundos antes de morrer, as pessoas expelem a sua alma, um fluido incolor. Explicou, ainda, que quem cheira essa substância, mais do que possuir a pessoa para sempre, também ganha uma vida sobressalente. É o mesmo princípio do estepe do veículo, você dizia, e tudo o que eu conseguia pensar era em você, querida, para sempre correndo entre as minhas veias. Na época, eu achava engraçado que, para se tornar eterna, você perseguisse a morte, não só ela, mas sim aquele segundo definitivo em que a alma deixa o corpo e sobe às nuvens. Fui fiel cúmplice dessa busca; amei você mais do que já amei qualquer coisa, inclusive a vida. Hoje você está aí, se contorcendo na cama e liberando uma série de gases que, com certeza, não são sua alma, mas lembra do tempo em que fizemos o pacto. Quem morresse primeiro, deveria ceder sua alma para o outro. Dessa forma, estaríamos para sempre juntos. Confesso que o pacto me desagradou, pois perdi a inocência. A cada gesto de carinho seu, a morte me espreitava; em cada beijo, sentia o cheiro de roupa velha, ranço de cadáveres. Sim, querida, você se tornou a minha morte, nunca mais dormi em paz desde então. Sabia que, um belo dia, poderia acordar e ver uma pedra ou faca ou pau ou bala descendo sobre a minha têmpora, antes da sua boca de mel chupar a minha alma pela ferida aberta. Foi por isso que envenenei você, meu amor, e agora, vendo a dor dos seus olhos e a gosma no canto da boca, percebo o seu espanto. Você nunca teve os mesmos pensamentos maldosos que eu. Pena, não? O mundo pertence aos espertos. Conforme combinamos, a câmera está pronta, documentando tudo. Conforme combinamos, hoje você será minha. Minha Nunca tive a ambição de ser eterno, mas sim possuí-la dentro do meu sangue. Morra, Lúcia, morra, eu me aproximo da sua boca seca e espero o fluido, a alma, você.

# O último

Desperto com o som de batidas na porta. A chuva despedaça a noite em rajadas de vento molhado. Levanto da poltrona; a televisão sussurra estática. Ajeito a roupa e confiro o rádio-relógio: duas horas da madrugada. Era de se esperar que o meu descanso não durasse muito tempo. Em noites como esta as pessoas ou ficam em casa ou saem para morrer. Novas batidas interrompem os meus pensamentos. As sombras das árvores se devoram na parede de casa. Abro a maleta e confiro se está tudo dentro, mesmo sabendo que sim. Nunca sou pego desprevenido.

Quando abro a porta, percebo um homem me esperando. Sinto alívio: é difícil tratar com mulheres, eu não sei o que lhes dizer e elas não sabem como me tratar, se com a familiaridade de um amigo distante ou com o constrangimento de pedir ajuda a um desconhecido para algo tão íntimo. Uma poça de água cerca o recém-chegado, pingos grossos escorregando da capa. Ele veio em meio a essa chuva insana me procurar; abafo qualquer mínimo impulso de lisonja, não é hora. Um relâmpago revela os olhos do desconhecido, suplicantes. Não é preciso falar. Concordo em silêncio, fecho o casaco e nós dois saímos para a chuva.

Andamos em silêncio. Não temos assunto. O único elo que nos une, dois homens e uma maleta nessa noite infinita, é o lugar para onde vamos e a minha tarefa. Às vezes, sinto que ele balança e estremece; em outros momentos, me interrogo se a água que vejo entre as rugas vem só da chuva. Gostaria de poder consolá-lo, mas não há consolo no inferno para onde nos dirigimos; não há palavras que emendem feridas, nem lágrimas que substituam um sentimento. Não mais.

Passamos por ruas, esquinas desfiguradas e muito barro. Logo paramos na frente de um galpão. Luzes entorpecidas escondem segredos. O meu companheiro de caminhada tira um molho de chaves e abre a porta. Assim que entro, uma sombra para no caminho. Recuo um passo: as pessoas tendem a se tornar melindrosas e frágeis nesse momento. Rouco, o homem diz aquilo que já sei: deixa ele bonito, a mulher e os filhos vão vê-lo amanhã, não vá falhar.

Desvio do homem, embaraçado ao perceber as lágrimas se insinuando nas suas palavras, quando o velho que foi à minha casa fala pela primeira vez naquela noite escorregadia:

– Por favor, faça ele sorrir. – Ao ver o meu olhar de incompreensão, acrescenta: – Eu gosto do sorriso dele.

Concordo em silêncio e continuo a jornada. No meio do galpão, há uma porta e, atrás dela, o horror. Um jovem de vinte anos, o tronco e a cabeça sobre a mesa, braços e pernas pairando no ar. A água escorreu do seu corpo junto com sangue coagulado. Uma perna balança, invertida no próprio eixo. A roupa rasgada revela equimoses e cortes. O peito está inchado. O mais impressionante é o rosto. A boca está aberta em um ângulo de quase noventa graus, distendendo os lábios ao máximo. Os olhos estão muito abertos, transformados em vidro pela morte. O rosto do rapaz é um esgar interrompido, paralisado no seu momento decisivo.

Sem maiores reflexões, começo a trabalhar. Abro a maleta, pego os apetrechos e mexo na face do rapaz. Os olhos arregalados não são difíceis de arrumar, mas a boca é um desafio. Tento tudo para não desfigurá-lo, mas não consigo. Assim, corto os músculos tensionados e a boca fecha como uma arapuca, descontraindo o grito. Capricho na maquiagem do rosto para cobrir as incisões que fiz nos músculos. Depois de eliminar o grito, preciso criar um sorriso com a ajuda das minhas pinças, bisturis, alfinetes e maquiagem, e essa criação me consome mais tempo que imaginei.

Quando me afasto, o milagre está consumado. O morto não está mais imerso no terror daquele segundo último, mas sorrindo como se estivesse diante dos anjos do Paraíso. Congratulo-me por outra obra de arte e guardo os apetrechos, já pensando na poltrona e no sono que me esperam.

Gasto menos de um minuto guardando as coisas. Quando viro para verificar se não esqueci nada, o ar some dos meus pulmões. Por mais impossível que seja, o rapaz está novamente gritando sem som, os olhos arregalados, a boca aberta revelando dentes, esôfago, a língua roxa. Graças à minha maquiagem, o grito interrompido de antes, que revelava certa dignidade, agora se parece com a risada sardônica de um palhaço. As fitas colantes que prendiam o queixo estão abertas. Os chumaços de algodão despencam das narinas.

Por mais que eu revise meus procedimentos, a primeira conclusão a que cheguei era a mais correta: impossível. Não existe nenhuma força no Universo capaz de desfazer o semblante do cadáver e retornar ao grito anterior à minha intervenção. Tinha errado em alguma coisa desconhecida. Com esse pensamento na cabeça, voltei a trabalhar no morto, desmanchando o grito e remontando o sorriso. Dessa vez, ele não ficou tão iluminado, mas, ainda assim, era um sorriso.

Voltei a guardar o equipamento. Algumas vezes deixei cair os bisturis no chão. Os meus olhos não deixavam a mesa, o cadáver, o sorriso. Limpei a sujeira sem prestar atenção e, quando me dirigia de costas para a porta, o horror deixou a mesa e se instalou na sala, pois eu vi o sorriso se desfazendo em uma careta de pânico, que foi se transformando até virar um berro repleto de silêncio. O pescoço do cadáver caiu para o lado e os olhos se arregalaram, olhando para dentro de mim, para os outros mortos que residem na minha memória.

Gostaria de dizer que gritei ou saí correndo da sala, mas não fiz nada. Minhas pernas falharam e eu deslizei até o chão, ficando no nível daqueles olhos que sabiam tudo. Em mais de quinze anos trabalhando com gente morta, nunca tinha encontrado uma alma penada. Não acreditava nessas besteiras. Aquele defunto era, isso sim, muito desobediente.

Não sei quanto tempo passou, mas consegui me erguer. Deus sabe que sou um homem simples, acostumado com problemas simples, e a equação que estava na minha frente era insolucionável: fui contratado para fazer um trabalho e não conseguia concluí-lo. Até mesmo palhaços podem ser aterrorizantes, e o semblante do cadáver virara uma homenagem à morte pintada por mãos humanas.

Aproximei-me da mesa e toquei os lábios do falecido. Meus clientes sempre perguntam se eu conseguia adivinhar o que aconteceu no instante em que alguém morre, perguntam se a linguagem do corpo vazio traía alguma última sensação. Não sei o motivo, mas as pessoas gostam de imaginar que o ente querido partiu sem dor, sem medo, sem angústia. Por isto pedem sorrisos na câmara mortuária: não para agradar o morto, mas para mentir aos vivos que ele partiu em paz.

Esses pensamentos indicam uma resposta, que, assim como o problema, é impossível. Tento afastar a hipótese, mas ela se mantém, torturando a minha sanidade. Por fim, acaba se tornando a única alternativa.

Abro a porta da sala. Os dois homens me cercam, intrigados com a demora. A chuva fustiga as janelas do galpão, mas eu sinto calor. Com palavras calmas, peço aos dois para que saiam dali. Quando perguntam o motivo, sou duro, digo que sou o especialista e que, se estou pedindo algo, é porque preciso ser obedecido. Sem entender nada, os homens concordam e saem para a noite úmida.

Espero dois minutos, cronometrados no relógio. Volto para a sala, onde o cadáver me contempla com o seu esgar horrendo. Aproximo-me da mesa, coloco as duas mãos sobre o peito dilatado e pressiono com toda a força.

O grito se rompe de dentro do cadáver, horrível, majestoso, retumbante; é o último berro de uma alma, e nele a vida faz suas últimas marcas, em um esforço para se manter. O som enche a cidade, a noite, o mundo, enquanto as lágrimas rebentam nos meus olhos, ao identificar, dentro daquele grito, a voz de todo homem, de cada pessoa. A minha voz quando a morte chegar.

# Efemeridade

O mundo é formado por um sem-fim de eventos apavorantes. Ela nasce em um vaso e, assim que é lançada no desconhecido, presencia uma cena chocante que se grava na sua essência. Toda vez que seus olhos fechavam, surgia a imagem atroz do corpo besuntado livrando-se da quente prisão, o espanto de quem enxerga o mundo pela primeira vez, membros desconexos encontrando a funcionalidade. Pairando sobre seu irmão, ela gasta horas refletindo sobre o desespero de se saber eterno, a angústia de não saber como tudo vai terminar. Por mais que tente, não consegue esquecer cena tão horrível: o amadurecimento rápido e constante faz com que seus conhecimentos se ampliem e, em horas, ela sabe tudo o que precisa saber e muito mais. A verdade a aterroriza, ainda mais ao descobrir que aquilo ocorria todos os dias em diferentes lugares do mundo sem ninguém dar atenção. Contempla o seu antípoda, sente pena dos grunhidos e da lentidão. Gostaria de trocar impressões com ele, mas como conversar com criatura tão pouco desenvolvida?

Na esquina da rua, existia um playground modesto, com grama alta, onde as crianças corriam de um lado para o outro, brincando de pega-pega e esconde-esconde, enquanto as babás trocavam maledicências nos bancos ao sol. Ela vai para lá e junta-se às suas semelhantes, acompanhando as cenas. Elas eram tão pequenas e tão fortes! Não era justo que Deus intercedesse, realizando aquela pantomima gosmenta, tirando-as do limbo para a eternidade, uma vida de feiura e um segundo de beleza, uma existência de arrastos para um momento de voo, não era justo.

Retorna para o local onde nasceu. Suas horas se esgotam. Esquiva-se por entre as pessoas e entra na sala. O seu irmão dorme, a boca aberta. Gostaria de explicar que faz aquilo para o seu próprio bem, que está libertando-o da prisão da incerteza, mas ele não entenderia. Aproxima-se com lentidão e entra no pequeno túnel negro. Líquidos gosmentos a envolvem enquanto ela chora lágrimas de pó colorido, morrendo lentamente com o irmão. Os dois se misturam, unidos como jamais poderiam estar e, por alguns segundos, um é o outro, os dois nascem juntos, os dois morrem juntos.

## Pelo vale dos sonhos incessantes

diz de onde vim, onde estou e o por quê, diz se este guincho monstruoso da Besta que se contorce às minhas costas é o ruído da criação ou se é a sombra ainda imberbe do medo. Nunca saberei ao certo o que aconteceu, mas algo feito de ferro resfolegante acertou o ônibus em que eu estava, derrubando o livro e tocando fogo nas minhas costas até então distraídas, e, no mesmo instante, o primeiro movimento do Concerto para Brandenburgo n.º 03 infestou alegremente o ar como se fosse uma praga de gafanhotos, sobrepondo-se ao urro de ódio largado pelo ônibus contra o inimigo que tentava tomar seu espaço no mundo, e as duas criaturas se abraçaram numa carnificina de aço, gritos e escuridão. Fantasmas e sombras deslizam pelos corredores, e vejo os seus vultos se esbarrando enquanto sou apertado por inumana força contra o banco à minha frente; dois corpos não ocupam o mesmo lugar no espaço, a não ser que virem um só, misto de homem e poltrona. Ao meu lado, a silhueta se encolhe e sussurra, "se és potente, suporta a dança como eu suportei", e Bach é sufocado por gritos e súplicas e pelo som atroz da carruagem triunfal que corre pelo mundo desde que nasci, ansiosa para saborear a minha carne; é a vida quem encarcera o espírito, digo estou pronto estou pronto e não sei se penso ou se as palavras saem com sangue e dentes daquilo que outrora foi a minha boca e hoje é uma pústula amarga pressionada contra o banco da frente. Tudo o que pensei e sou resta esmagado, os ossos estilhaçando-se com o crepitar de uma fogueira, ao mesmo tempo em que todas as maravilhas que davam sustentáculo ao meu corpo desvanecem como se nunca tivessem existido; choraria se as lágrimas não estivessem atordoadas demais, se a dor não fosse tão lancinante e eivada de desespero, se o medo vergonhoso não tomasse conta da minha bexiga (a morte fede a mijo, a merda e a suor embolorado), se Bach não preenchesse o mundo com os sons que se libertam das minhas células. Penso em pedir perdão, mas a quem ou por quê, agora é tarde, sempre estive dois segundos atrasado na vida. No meio do oceano bravio de corpos de desconhecidos que se fundem à força, entre ferros cortantes e o calor do inferno próximo, a incerteza se espalha, o nada me contempla com olhos impregnados de fúria e as palavras surdas me golpeiam com a sua verdade: Como é possível que você não tenha realizado grandes feitos? Com toda a força que possui, você poderia ter chegado a qualquer lugar. Por que não aproveitou essa força prodigiosa? Não havia nada capaz de detê-lo. O que deu errado? Você não tinha ambição? Caiu em tentação? O que aconteceu? O que aconteceu? Pois fiquem sabendo que amei, odiei, sofri e morri, que não fui um nada silencioso que vagou anônimo pela Terra, fui a cinza de uma estrela órfã, e o silêncio se aproxima atrás do tonitroar da carruagem furiosa, entremeado entre as notas e pausas deste Bach infernal que insiste em me rodear, insiste em mentir que a vida vale, sim, a pena. Um fiapo de existência teima em se segurar no meu corpo – me quebraram, mãe, me quebraram –, percebo que sou vasto e, por isso, contenho múltiplas dores. Os gritos de antes cedem espaço a arquejos incrédulos, o choro passa por entre os bancos distorcidos onde estão meus restos esmagados, e penso, chega, por favor, chega, e a vida insiste em me contrariar, vendo a morte caminhando por entre ferros ainda gementes, colhendo flores no meio da câmara fúnebre em que estou, Ozymandias, rei dos reis, tão poderoso e prestes a sucumbir à areia. Não existo mais, transformei-me em um ser formado de dor, sangue, ossos quebrados e urina; o frio se espalha naquilo que, um dia, foram dedos, e desejo a liberdade. O mar sem cor da inexistência cobre meu corpo com a promessa de silêncio eterno, enfim, o silêncio deste fardo barulhento que é existir, mas não me rendo, ainda sou tolo, ainda espero a chegada do Deus ex-machina que perdeu a hora, sou o herói da mansarda, aquele que sempre esperou. Tudo que foi parece não ter sido; fui o preâmbulo de algo maior e não uma notícia cansada no canto do jornal de amanhã. Eu sou, eu sou, o coração cada vez menos sendo, não sei mais se existo ou se não sou o sonho dentro de outro, e se quem escreverá este texto não é o homem que sonhei dentro do ônibus, aquele que a morte encontrou na metade escura da jornada. O ar me abandona, Bach vai ficando cada vez mais distante. Nas brumas perto do fim, a sombra de olhos de aço e coração desértico me aguarda (então, você, justo você, é Deus?), e sinto a urgente, desesperada vontade de gritar a última linha de Shelley, "afinal, o que é a vida?", mas tenho medo da resposta, medo de que nem sequer uma flor amarela e medrosa nasça sobre meu túmulo, medo de que a vida não tenha porra nenhuma de sentido.

Leia também da Editora Zouk

*Do seu pai*
de Pedro Fosenca

*Senhor Gelado e outras histórias*
de Igor Natusch

*História universal da angústia*
de Douglas Ceconello

*Guia de nós dois*
de Élin Godois e Marcela Vitória

*A árvore que falava aramaico*
de José Franscisco Botelho

*Deus é brasileiro*
de Harrie Lemmens

*Seis Ensaios de Parerga e Paralipomena*
de Arthur Schopenhauer

*A obra de arte na época de sua reprodutibilidade técnica*
de Walter Benjamin

*A distinção: crítica social do julgamento*
de Pierre Bourdieu

*A produção da Crença: contribuição para uma economia dos bens simbólicos*
de Pierre Bourdieu

*O amor pela arte: os museus de arte na Europa e seu público*
de Pierre Bourdieu & Alain Darbel

*Além da Pureza Visual*
de Ricardo Basbaum

*As novas regras do jogo: o sistema da arte no Brasil*
de Maria Amélia Bulhões (org.)

www.editorazouk.com.br

esta obra foi composta em
Minion Pro 12/16
pela Editora Zouk e impressa
em papel pólen 80g/m² pela
gráfica Pallotti ArtLaser
no verão de 2017